Eni Allgayer

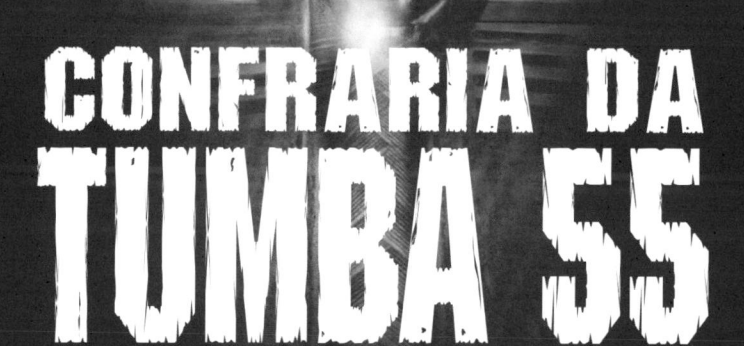

CONFRARIA DA TUMBA 55

CAÇADORES DE ENIGMAS

EDIÇÕES
Besouro**Box**

1ª edição / Porto Alegre-RS / 2015

Para Gabriela,
a princesinha de olhos azuis,
que desde os primeiros meses
escolheu os livros como
brinquedos favoritos.

SUMÁRIO

EGITO

O táxi parou junto a uma mesquita, na parte antiga da cidade do Cairo. Ajeitei o *khimar*, o véu negro que me cobria desde a cabeça até a cintura, antes de pagar a corrida e descer do carro, para mergulhar num turbilhão de vozes e sons. Homens, mulheres e crianças ocupavam todos os espaços como se brotassem do emaranhado de caminhos que se desvendavam e desapareciam como por encanto, saindo de alguns portões para penetrar em outros. Acompanhei a torrente humana pela viela espremida entre velhos prédios comerciais sem vitrines. Após algumas quadras, detive-me em frente a um prédio com a pintura desbotada. Insegura, abri o pequeno pedaço de papel rabiscado com a letra irregular do tio William. Não havia dúvidas. Era esse o endereço. Sem hesitação, lancei-me pela porta em direção à penumbra.

A livraria estava deserta. Retirei o véu, sob o qual havia me disfarçado, para examinar as prateleiras repletas de miniaturas e livros. Havia volumes de todos os formatos e tamanhos, além de pirâmides, imitações de múmias e sarcófagos esculpidos em madeira enegrecida com uma mistura de óleo e carvão cobertos por desenhos de seres mitológicos.

Eu ainda observava o recinto, quando um homem surgiu à minha frente. Sua aparência chamaria a atenção em qualquer lugar, seja pela barba branca que contrastava com a pele morena sulcada de rugas profundas, seja pela túnica azul, puída e desbotada, seja pelos olhos astutos e inteligentes que pareciam voar de um lado para o outro. O embaraço era mútuo. Pelo jeito, a última pessoa que ele esperava naquela tarde era uma garota de camiseta e calça *jeans*, com os cabelos castanhos presos num rabo de cavalo sobre a nuca.

Saudei-o, apresentando-me:

– Olá, o meu nome é Raquel Steiner. Estou aqui a pedido do doutor William Fetter. Vim buscar o livro que ele reservou.

O velho sorriu, respondeu ao cumprimento em árabe, para continuar num inglês fluente:

– Ah, o doutor Fetter? Sei. Como está o meu velho amigo? Iniciou alguma pesquisa arqueológica no Egito?

– Oh, não. Ele está aqui para uma conferência a convite da Universidade do Cairo – respondi, tamborilando sobre o balcão.

Bater os dedos repetidamente sobre uma superfície é o que faço quando estou muito, mas muito perturbada. E, no momento, eu estava mais do que perturbada: estava com o coração aos pulos e ansiosa para sair daquele lugar sombrio. O local era abafado, com cheiro de mofo e a única claridade vinha de uma luminária dependurada no teto, em meio a teias de aranha. A lâmpada apenas quebrava a escuridão, projetando sombras fantasmagóricas sobre os objetos que se espalhavam por todos os lados.

O velho fitou-me por um tempo antes de continuar:

– Lástima o doutor Fetter não ter vindo. Queria lhe entregar a encomenda pessoalmente – resmungou, por fim, alisando a barba que lhe cobria o peito.

– O tio William foi atender a um chamado do Secretário de Cultura do Egito, senhor Mustafá Hasan Cassin. Voltaremos hoje para Londres.

– Sendo assim, aguarde um momento. Vou preparar o material.

O silêncio tomou conta da sala, enquanto ele desaparecia por entre as prateleiras. Eu já havia examinado tudo o que estava sobre o balcão quando ele retornou com um pacote de papel pardo amarrado por um barbante. Entreguei-lhe o amontoado de dólares em troca do volume, colocando-o na mochila.

Preparava-me para sair quando uma mão enrugada segurou a minha.

– Espere, minha jovem. Quero compensá-la pelo esforço de vir até a minha loja – murmurou, ao entregar um pacote embrulhado em papel de presente.

– Obrigada, senhor. Não é necessário – agradeci, encabulada.

– Por favor, por favor... Aceite. Eu insisto. Estou lhe confiando um mimo precioso.

Surpreendida por aquele gesto, peguei o brinde, enfiando-o de qualquer maneira na mochila. Em seguida, envolvi-me no *khimar*, para só então sair pela porta e me integrar à multidão que lotava a viela. O velho me seguiu até a entrada da livraria e ali ficou, encostado na parede. Chegando à esquina, voltei-me para um aceno, mas ele já havia desaparecido de vista.

Perambulei por várias ruas até chegar ao Mercado Khan el Khalili, com seus bazares exóticos. Entrei na primeira porta, passando antes por um caminho ladeado por dezenas de cestos com frutas e grãos de todas as procedências. Retirei o véu, deixando-o num canto, para juntar-me aos turistas em busca de lembrancinhas. Impossível visitar o Egito e não comprar algum objeto típico da região. Uma hora depois, carregada de pacotes, saí à procura de um táxi para retornar ao Royal Hotel.

Ali, vários casais circulavam pelo saguão, entre malas e crianças. Desviando-me de uns e outros, entrei no elevador. O ascensorista cumprimentou-me com um aceno de cabeça antes de apertar o botão do quinto andar. Sorri, retribuindo a gentileza.

Quando a porta começava a fechar, um homem com barba cerrada, usando terno e óculos escuros, entrou apressado, indo se postar no fundo da cabine.

Nem tive tempo de examiná-lo, pois a porta logo se abriu e o tio William apareceu à minha frente como se estivesse esperando pelo elevador. Ele se precipitou sobre mim, indagando:

– Tudo bem, Raquel? E o livro? Você o encontrou? Ótimo! Chame um táxi e peça à portaria para descer a bagagem. Já acertei a conta.

Ele pegou o pacote e o apertou contra o peito, entre suspiros. E, antes que eu pudesse dizer alguma coisa, começou a gargalhar.

– Raquel, Raquel, Raquelzinha. Obrigado, meu anjo. Finalmente poderei provar a existência do livro de Akhenaton. Prepare-se, garota, porque vamos virar o mundo de cabeça para baixo.

– Não foi nada, tio. Até ganhei um presente do seu amigo.

– O Omar é um homem especial. O presente deve ser valioso, querida. Guarde-o bem – ele disse.

Excitado, iniciou uma espécie de dança ali mesmo, no corredor. Parei, assombrada, pois o tio William não costumava demonstrar seus sentimentos e eu nunca o vira assim, tão alegre.

Ignorando a minha cara de surpresa, ele colocou o braço sobre os meus ombros e nos dirigimos ao encontro de Cristina. Minha prima já estava vestida e maquiada. Em instantes, o funcionário do hotel batia na porta atendendo ao chamado. Felizmente, eu havia deixado as malas prontas antes de sair.

Meu tio beijou a filha na testa antes de conduzir a cadeira de rodas até o elevador. O homem que havia subido comigo pouco antes também descia, mas como da primeira vez, não portava bagagem e permaneceu em silêncio, com a cabeça pendente sobre o peito. Chegando ao saguão, dirigiu-se rapidamente à porta de saída.

Em instantes, tomamos o táxi e, pouco depois, o aeroporto apareceu à nossa frente. Tão logo embarcamos, o avião partiu. Parecia impossível, mas tudo aconteceu de forma sincronizada. Quando a aeronave estabilizou, ajeitei-me na poltrona, procurando relaxar. Ao meu lado, Cris estava entretida com a leitura de um romance, enquanto seu pai ainda apertava o tal pacote de papel pardo contra o peito, com o mesmo sorriso estampado no rosto. Estranhei aquilo, pois se estava tão ansioso pelo livro, por que não abria logo a embalagem? Contentava-se em abraçá-lo, como quem abraça um filho. Família esquisita essa minha! – pensei, virando-me para a janela.

Fechei os olhos. Precisava descansar e, se possível, dormir. O dia fora exaustivo, mas isso não era novidade. Nos últimos cinco meses, tinha participado de várias viagens com os meus parentes, e elas eram sempre rápidas e atribuladas. Esse era o preço a ser pago para participar do intercâmbio estudantil sob a supervisão do primo do papai.

Bem, esta aventura começou quando Marcelo, o meu namorado, ganhou uma bolsa de estudos da Universidade de Sidney, na Austrália, com a duração de um semestre. Eu pretendia acompanhá-lo, mas o papai não aceitou. Se eu quisesse fazer um intercâmbio, disse ele, teria de ser na Inglaterra, onde morava o primo, arqueólogo e professor em Oxford.

Tentei convencê-lo, mas ele era mais teimoso do que eu. Então, decidi aceitar a sugestão. Até porque estudar em Londres era mais agradável do que ficar em Penedos, longe do Marcelo. Contudo, fui surpreendida pelo estilo de vida do tio William. Ele estava sempre indo e vindo de um lugar para o outro, em função do seu trabalho. Eram constantes os convites para palestras, aulas ou conferências.

A fixação pelo passado deve ser coisa de família, concluí, pensando no papai e no tio Leopoldo. Meu pai, Alberto Steiner, é diretor do Museu Antropológico da Fundação Universitária Brasil, a FUBra, onde mamãe, Suzana Steiner trabalha. Ele é antropólogo e ela, arqueóloga. Ah, e tem a Angélica, minha irmãzinha, que pretende ser historiadora como o tio Léo. Aliás, a Lica é o orgulho da família. Primeira aluna da classe, com notas excelentes. Também! Vive com o nariz enfiado nos livros.

Bom, na verdade, minha irmã tem um QI altíssimo. Ela é o que popularmente intitulamos de *gênio*. Eu, ao contrário, sempre fui uma garota comum. Mas não tenho do que me queixar, pois, até concluir o ensino médio, minhas notas sempre foram satisfatórias. Os problemas começaram na universidade. Fiz vestibular para o curso de Espeleologia, o estudo das cavernas, mas acabei desistindo após um semestre. Aquilo não era exatamente o que eu pensava. Mudei, então, para o curso de Biologia.

A Biologia abre vários campos de ação, além das cavernas. E, o melhor de tudo, é que essa ciência adapta-se perfeitamente à tradição da família.

Enfim, acabei adormecendo embalada pela vibração do avião na turbulência de uma tempestade. Só acordei horas depois, quando a comissária de bordo se aproximou com a refeição. Tio William continuava reclinado na poltrona com os olhos fechados e Cristina dormia apoiada em seu ombro. Acordei-a, e ela cutucou o pai. Contudo, ele não se moveu. Ela o puxou pelo braço, mas ele se manteve teso, duro, estático. Percebi de imediato que alguma coisa estava errada.

– Papai, por favor, acorde – Cris chamou.

– O que aconteceu, tio William? – indaguei, assustada com o seu aspecto.

Nossas vozes se elevaram novamente quando ele escorregou para frente, ficando preso apenas pelo cinto de segurança. A comissária de bordo se aproximou, solícita, auscultando-lhe o coração. De imediato, fomos transferidas para duas poltronas no lado oposto do corredor. A tripulação, reunida ao redor do tio William, discutia sobre o que fazer.

– Por favor, senhores. Existe algum médico a bordo? – finalmente um deles perguntou.

Se a princípio os passageiros estavam silenciosos e espantados, logo começaram a tagarelar. Então, uma mulher se aproximou com uma maleta. Calada, ajoelhou-se em frente ao titio, tomou-lhe o pulso, colocou o estetoscópio em seu peito, abriu-lhe a pálpebra e, finalmente, disse em voz baixa:

– Não há nada a fazer. Ele deve estar morto há pelo menos duas horas. Desconheço a causa, mas, pelo seu aspecto, parece ter sido envenenado.

A Cris ficou em estado de choque, enquanto eu a abraçava, em pânico. O chefe da tripulação murmurou algumas palavras de conforto, cobriu o corpo do tio William com uma manta e, então, conduziu a médica até a cabine do piloto. Minutos depois, a mulher retornou para o seu lugar, e o comandante preveniu pelo interfone que o avião pousaria em Heathrow, o aeroporto de Londres, em cerca de uma hora. Avisou também que um dos passageiros sofrera de um mal súbito. Pediu calma e paciência.

Uma hora de voo, ainda. Essa foi a hora mais longa da minha vida. Apavorada, eu tentava consolar a Cris, cujas lágrimas pareciam brotar de uma fonte. Afirmar que tudo aquilo parecia um pesadelo era pouco. Minha prima e eu vivíamos um momento de puro horror.

Assim que o avião pousou, o comandante informou que a polícia nos aguardava, junto ao portão de desembarque. Entre soluços, Cristina ligou para o doutor Edgar, o advogado da família, que chegou em seguida cheio de cuidados. Fomos acomodados numa sala junto com alguns policiais. Entre eles havia um escrivão e um inspetor da Scotland Yard. O corpo do tio William seria retirado da aeronave e levado para a necropsia, informaram.

Os passageiros foram identificados, preencheram uma ficha em que constavam perguntas como profissão, tempo de estada em Londres, endereço, telefone e outros dados e, então, foram dispensados. Cris e eu permanecemos com os policiais, a médica e os tripulantes.

Ao depor, a doutora voltou a mencionar as características apresentadas pelo cadáver, como manchas azuladas pelo rosto, pescoço e peito. Isso levantava a possibilidade de o tio William ter inoculado alguma droga poderosa. E mais, que no exame preliminar que ela havia feito, detectara uma estranha picada em sua nuca.

A seguir, foram ouvidos os integrantes da equipe de bordo. Todos negaram ter visto algum movimento suspeito, ou mesmo se alguém sentara na poltrona que ficava atrás daquela ocupada pelo morto. Segundo a lista de passageiros, o lugar deveria ter ficado vago durante o voo. Com base nessas informações, o inspetor afirmou que tanto os passageiros quanto os tripulantes do avião estavam sob suspeita até o verdadeiro culpado ser descoberto, pois qualquer um poderia ter ocupado a poltrona e cometido o crime.

Nesse momento, Cris perdeu os sentidos. Foi uma confusão daquelas, até o inspetor chamar uma ambulância para conduzi-la para o hospital. Apesar de toda a minha apreensão, fui obrigada a permanecer à disposição da polícia na companhia do advogado. No final da tarde, ele me deixou com as bagagens no bairro de Kew, onde o primo do papai morava em suas estadas em Londres. A governanta, Anabel Haslein, me recebeu em prantos, histérica e desnorteada.

– Isso não poderia acontecer, Raquel! Não com ele! Não com ele! – lamentava-se.

Eu também me sentia péssima, mas acalmei a empregada como foi possível. Mais tarde, pedi-lhe que fosse ao hospital para cuidar de Cristina. Tudo o que eu precisava, após as últimas vinte e quatro horas, era um banho quente e uma noite de sono.

Mas, antes de fazer isso, precisava verificar se o livro comprado no Cairo havia sido entregue pela companhia aérea junto com as malas. Revistei a bagagem, mas o volume não estava ali. Só me restava ligar para a empresa reclamando a sua devolução.

Após registrar a queixa, joguei-me na cama ainda vestida. Sentia um vazio imenso no peito. A morte era uma coisa assustadora. Era horrível perder alguém da família de uma forma tão cruel e inesperada. E ainda havia a Cris, no hospital. Sentia-me inútil frente àquele desafio.

Desejei retornar de imediato para Penedos, contudo, o momento era impróprio, pois Cristina precisava de mim, mais do que nunca. Com tristeza, abri o computador para acessar a Internet. Lica estava *on-line*.

Nossos pais integravam uma missão exploratória no interior do Mato Grosso, disse ela. Frau Berta, como sempre, administrava a casa nessas ocasiões. A governanta prometeu transmitir-lhes a notícia. Mas isso demandaria tempo, argumentou. Disse que não esperasse por eles, pois dificilmente poderiam comparecer aos funerais. O tio Léo também não estava. Tinha ido para o Sul em visita à namorada.

Marcelo estava *off-line*. Presumi que estivesse no mar, pegando alguma onda. Afinal, ele escolheu a Austrália por causa do surfe. Além do que, era preciso considerar a diferença de fusos horários entre Londres e Sidney. Só me restava redigir um *e-mail* para relatar os últimos acontecimentos.

Ao acordar, no dia seguinte, fui direto ao hospital. Cris havia sido liberada e voltamos para casa ainda pela manhã. Ela parecia mais calma. Efeito da medicação, talvez.

O LIVRO

O doutor Edgar Bott, o advogado, se encarregou da liberação do corpo e dos atos fúnebres do tio William, enquanto eu ligava para os professores de Oxford, seus amigos e colegas de profissão, que, aliás, eram muitos. A cada telefonema eu constatava o quanto o meu tio era estimado.

Entretanto, eu mal desligava o telefone e ele já dava o sinal de chamada: repórteres pedindo entrevistas. Todos pareciam ansiosos para esmiuçar o trágico acontecimento. Transferi à polícia a obrigação de tratar daquele assunto, identificando o inspetor Melbourne como o responsável pelo inquérito.

Quando retornamos do cemitério, após o funeral, encontramos esse inspetor em frente ao portão. Muito educado, ele apresentou seus pêsames e, após alguns minutos de silêncio, anunciou:

– Recebi o laudo da necropsia do seu pai, senhorita Cristina. Nossas desconfianças foram confirmadas: realmente foi assassinato, cometido por meio de uma injeção letal. De acordo com os legistas, ele expirou em segundos.

Ao ouvir isso, Cris começou a chorar e Anabel a levou para dentro de casa. Assim que elas se foram, o policial voltou a indagar sobre o motivo da viagem ao Egito. Insistia nas perguntas. Queria saber o nome e o endereço das pessoas visitadas no Cairo. Reafirmei o que já dissera no inquérito, mas ele voltou à carga:

– Por favor, minha jovem, faça um esforço. Qualquer detalhe será importante para elucidar este espinhoso caso.

– Ah, inspetor, tenho tentado refazer nossos passos, desde o embarque até o retorno a Londres, mas não recordo de nada que possa ajudar.

– Continue se empenhando, por favor. Às vezes, um detalhe insignificante pode esclarecer o mais ardiloso dos crimes – declarou, tirando um pequeno bloco de notas do bolso.

– Bom – falei, por fim, num suspiro –, não sei se isso pode ajudar, mas o livro comprado no Cairo sumiu. Quando adormeci, tio William estava com o pacote, conforme declarei. Já acionei a companhia aérea, mas ainda não obtive resposta.

– Você tem alguma ideia do conteúdo desse livro?

– Deve ser uma obra antiga sobre mitologia egípcia, ou coisa assim – comentei. – Só fui encarregada de retirá-lo na livraria e pagar os vinte mil dólares.

– Vinte mil dólares! Tudo isso por um livro?

– Meu tio costumava comprar antiguidades raras. Era um tipo de colecionador. E esse livro era importante, pois ao recebê-lo, ele disse que iria "virar o mundo de cabeça para baixo". Chegou a dançar!

– Dançar? Estranho! Pelo que soube, seu tio era conhecido como uma pessoa austera e sisuda. Bem... Precisamos descobrir que livro era esse e quem estaria interessado nele.

Senti vontade de rir: o inspetor parecia um daqueles atores de filmes antigos, alisando o queixo coberto por uma penugem dourada, enquanto murmurava:

– Hum, hum... Qual é o nome da livraria, mocinha?

Expliquei que a livraria do senhor Omar era pequena e sem nome, e ficava num prédio antigo e decadente, localizado nas proximidades da Mesquita Al-Azhar. Reforcei que o tio William acertara a compra por telefone, diretamente com o livreiro, um egípcio idoso, e que, pelo jeito, os dois se conheciam havia algum tempo.

– Hum... E a senhorita já havia feito outras viagens com o doutor Fetter?

– Sim, muitas. Sempre vivi nesse meio. Meus pais trabalham no Museu da FUBra, Fundação Universitária Brasil, em Penedos – informei, parando em frente à porta.

Estava cansada de tantas perguntas. O policial percebeu a minha exaustão e despediu-se, fazendo uma mesura. Cinco dias depois, no entanto, lá estava ele para nova entrevista.

Cris e eu líamos sob o caramanchão quando ele surgiu com a governanta. Após elogiar o jardim, convidou-me para um passeio por entre os canteiros floridos, sob o argumento de que precisava de mais algumas informações sobre o trabalho do falecido.

A casa da família era uma dessas velhas mansões inglesas com dois andares, construída no topo de uma colina, cercada por um terreno ajardinado. A alameda iniciava no portão para depois contornar o prédio, ladeada por gramados e canteiros repletos de rosas, gerânios, margaridas, árvores e arbustos. À esquerda, junto ao alto muro, havia um pergolado coberto de buganvílias. Esse era o nosso lugar favorito em dias ensolarados.

Cris ficou por perto, ansiosa para descobrir o motivo da visita, mas o inspetor não se dispôs a falar na sua presença, então ela se afastou, movimentando a cadeira de rodas ao lado da governanta.

Após alguns minutos de silêncio, ele retomou a conversa:

– Estive no Cairo e visitei a tal livraria.

– E então, alguma novidade? – indaguei.

– A pior possível. O livreiro também foi assassinado.

– Caramba! Que loucura, inspetor. Quem teria coragem de maltratar um velho gentil e educado como aquele? – questionei, ao jogar-me no banco, ao seu lado.

24

– Na verdade, mocinha, esta história está mais complicada do que seria razoável supor – Melbourne declarou.

– Espero que isso se resolva o mais rápido possível. Não vejo a hora de voltar ao Brasil – confessei, contando que esperava pelos meus pais, mas a vinda deles parecia pouco provável no momento. Eles ainda se encontravam no interior do Mato Grosso, num sítio arqueológico recentemente descoberto.

– Melhor assim. A sua presença em Londres é indispensável para a solução deste caso – ele retrucou, ao levantar.

Fomos interrompidos por gritos e pedidos de socorro. Melbourne correu em direção à casa. Eu o segui, aflita. Encontramos Anabel esfregando o peito e a Cris no chão, ao lado da cadeira de rodas. Dois homens haviam se chocado contra elas no momento em que abriam a porta. Pelo jeito, a aproximação das duas apressara a fuga dos invasores. Felizmente, apesar do susto, nenhuma delas estava ferida.

Melbourne ligou pedindo apoio à chefatura de polícia. Em pouco tempo, a região foi vasculhada por vários agentes, porém nenhum indício dos bandidos foi descoberto.

Constatamos que apenas o quarto do tio William tinha sido revistado. Roupas e documentos espalhavam-se, misturados aos móveis destruídos. Era impossível afirmar se algo fora roubado, pois o tio costumava manter grande quantidade de objetos valiosos no dormitório e muitos deles ainda não haviam sido catalogados.

Ao retornar para a sala, encontramos a Cris aos prantos.

– Nunca senti tanto medo, Raquel. Nunca! – ela confessou.

– Você precisa ser forte, querida – tentei consolar.

– Eu estou cansada de ser forte. Não tenho mais pelo que viver. Perdi mãe, pai, noivo e estou presa a esta cadeira para sempre. Uma aleijada é o que sou. Uma deficiente que precisa de ajuda para tudo – ela retrucou entre soluços.

– Acalme-se, Cris. O seu pai tinha muito orgulho de sua coragem, lembra? – falei.

– Ele prometeu me curar, mas agora está morto – ela objetou.

– Sinto muito, senhoritas, mas preciso ir. Desde já, coloco-me à disposição para qualquer eventualidade – George Melbourne nos interrompeu, após um pigarro.

Ele beijou a mão de Cris, entregando-lhe a seguir um cartão com nome e telefone. Acompanhei-o até a porta, enquanto Anabel levava minha prima para o quarto. Pouco depois, ela retornou queixando-se de palpitações e dores no peito. Recusou quando me ofereci para acompanhá-la ao médico. Uma amiga já a aguardava com um carro, junto ao portão, avisou.

Fiquei por ali até Cris adormecer. Sentia-me exausta, mas sem sono. Precisava de um livro para passar o tempo. Já me dispunha a ir até a biblioteca, quando me lembrei do presente do velho livreiro. O embrulho ainda permanecia na mochila, largada num canto. Com toda aquela confusão, esquecera a gentileza do pobre homem.

Na poltrona, ao lado da janela, desembrulhei o volume. O que encontrei foi um livro estranho, com capa de couro envelhecido enfeitada por desenhos feitos a fogo. Duas tiras metálicas entrelaçadas e seguras por uma espécie de cadeado lacravam o exótico volume.

Embora convivesse com livros desde a infância, eu nunca tinha visto nada parecido com aquilo. O couro era ornamentado por desenhos em baixo relevo com representações clássicas do Egito antigo.

O tal cadeado tinha a forma de losango, com seis recortes contendo esferas metálicas. Essas esferas deslizavam na horizontal. Havia nove marcas em cada recorte.

Por cerca de meia hora movimentei as esferas de um lado para o outro, sem resultado prático. O cadeado possuía um segredo como os cofres, concluí com assombro. Lembrei-me da insistência do tio William para que usasse o tal véu para ir até a livraria e sua agitação ao receber a encomenda, ainda no Cairo. Havia muitas indagações martelando em minha cabeça. Seria esse o verdadeiro livro do faraó? Teria o livreiro trocado os livros propositadamente? O tio sabia dessa troca, e por isso, não abriu o outro pacote? Que livro poderia

ser tão valioso a ponto de alguém cometer dois assassinatos para obtê-lo? Tudo isso deixou minhas ideias embaralhadas.

Sozinha e triste, liguei para o Marcelo. Precisava ouvir a sua voz. Ele ficou bastante preocupado com as novidades e lastimou não ter condições de sair da Austrália naquele momento. Estava em período de exames na universidade. Essas provas validariam o semestre. Durante a noite, rolei na cama, de um lado para o outro, repassando cada expressão ou gesto de William Fetter. Lembrei-me de seu nervosismo e dos sobressaltos daqueles dias. Era provável que estivesse sendo ameaçado. Agora compreendia a sua insistência no uso do tal *khimar*. O manto negro me igualara às centenas de muçulmanas que circulavam pelas ruas do Cairo. Assim, sem chamar a atenção, fui a lugares onde apenas as egípcias tinham liberdade para fazê-lo.

Preocupada, permaneci deitada até o amanhecer, dividindo o tempo entre pensamentos contraditórios, cochilos e pesadelos. Ainda bem cedo, vesti-me e fui para a cozinha. Anabel tomava o café da manhã. Perguntei sobre sua saúde e ela disse estar bem. Cristina ainda dormia, informou.

Tranquilizada, avisei que precisava sair. Em seguida, chamei um táxi para me levar ao Museu Britânico. Tinha decidido encontrar Ronald Druque, um dos colaboradores do tio William e, como ele, egiptologista reconhecido. Ronald era um homem de uns trinta anos, empertigado, com ar de superioridade e sorriso sarcástico.

Encontrei-o debruçado sobre sua mesa de trabalho coberta de livros e documentos. Usava uma lupa para examinar alguns pergaminhos. A cabeça loura pendia para o lado, em profunda concentração. Vestia uma calça cáqui e camisa branca de mangas longas, como sempre.

– Oi, bom dia!

– Raquel? Você por aqui!

– Preciso de sua ajuda – declarei.

– Ora, ora... O que posso fazer por você, garota?

– Bem, querendo ou não, depois do tio William, o senhor é o maior especialista sobre o Egito que conheço.

– Senhor? O que é isso, menina? Eu não sou tão velho assim.

Ignorando aquele comentário, afirmei que estava concluindo uma matéria encomendada ao tio William pela revista *National Geographic* e precisava de alguns esclarecimentos. Cris pretendia honrar os compromissos do pai, justifiquei-me, ao sentar à sua frente.

Por precaução, achei melhor ocultar o verdadeiro motivo da visita. Após algum rodeio, perguntei o porquê do interesse do tio William em Akhenaton.

Ronald tirou os óculos e, virando o rosto em minha direção, afirmou:

– Acho que o velho queria escrever um livro.

Insatisfeita com a resposta, pedi maiores informações sobre o assunto. Com certa resistência, Ronald contou que tio William recebera um telefonema do Egito. Era um conhecido seu, informando sobre a descoberta de um manuscrito inédito na tumba 55, no Vale dos Reis. Esse documento teria sido escrito pelo próprio Akhenaton, o pai de Tutankamon, um faraó que viveu no Egito em torno de 1.500 anos antes de Cristo. Essa tumba 55 era a única, até então descoberta, construída de maneira que o sol pudesse penetrar por um corredor, incindindo sobre o sarcófago. Supunha-se, por esse fato, pertencer ao criador do culto a Aton, o Deus Sol.

– E o que mais você sabe a respeito disso? – insisti.

– Espere um pouco, Raquel – ele ordenou, dirigindo-se a uma prateleira.

Minutos depois, retornava com um livro nas mãos.

– No lugar de tomar o meu tempo, procure você mesma as respostas para o seu artigo. Eis *A vida e obra de Akhenaton*, escrito por Markuzzi – ele disse, jogando-o em minhas mãos.

Era um volume de capa grossa, desgastado pelo uso. Gaguejei um agradecimento e saí apressada, enquanto ele retomava seu trabalho. Sujeito grosseiro, pensei, arrependida por tê-lo procurado.

Ao chegar em casa, encontrei Cristina na sala acompanhada por dois homens grisalhos, carrancudos e de roupas escuras. Ela os apresentou como membros da Real Sociedade de Ciências interessados nos estudos do tio William. Queriam levar seus apontamentos para estudá-los.

– Precisamos aguardar o término do inquérito policial – afirmei.

Isso era verdade, pois o inspetor Melbourne havia enfatizado que deveríamos manter tudo como estava até o final das investigações. Cris pediu mais algum tempo. Abriria as portas do gabinete do pai para a Real Sociedade de Ciências tão logo o inquérito fosse concluído.

Os dois homens ensaiaram um protesto, mas por fim acataram a decisão e saíram apressados.

Coloquei em dúvida a pretensa amizade deles com o tio William. Afinal, ele nunca os mencionara e seus nomes não constavam em sua agenda. E disso eu tinha certeza, pois havia ligado para todos para fazer a participação do trágico falecimento.

– Eu também não os conheço – Cris confessou, inquieta.

– Precisamos ser sensatas – recomendei. – De um momento para o outro, apareceram várias pessoas interessadas nas pesquisas do seu pai.

Após a conversa, segui para o gabinete de trabalho do titio, descalcei os sapatos e coloquei os pés sobre a escrivaninha. Estava exausta, mas ansiosa para ler o livro que Ronald havia emprestado. Logo fiquei sabendo que Amenhotep IV mudara o próprio nome, passando a se chamar Akhenaton, ao assumir o trono do Egito e casar com Nefertiti. Nesse tempo, os egípcios veneravam vários deuses, especialmente Karnak e Amon-Rá, cujos sacerdotes usavam a fé para influenciar o povo e diminuir a autoridade real.

Aficionada pela cultura egípcia, Lica devia saber algo a respeito desse assunto. Sua ajuda seria bem-vinda, ponderei. A solução seria enviar um *e-mail* pedindo apoio nas pesquisas.

– Vamos lá, minha boa e velha Internet – resmunguei ao encaminhar a mensagem.

Retomei a leitura e ainda lia quando Anabel chamou para o jantar. Cris tinha visitas, anunciou. A refeição seria animada por Teodore Meredith, recém-chegado da França, e pelo doutor Bownei, amigo do tio William e presença frequente nos jantares de Cove Hill.

Assim que a governanta se foi, usei uma pena para marcar a página do livro, antes de colocá-lo na primeira gaveta da escrivaninha.

Cristina parecia melhor. O visitante se apresentou como um primo afastado de sua mãe. Era magro, com os cabelos negros caindo sobre a testa, lábios grandes e o queixo quadrado. Como nem eu, nem a Cris o conhecíamos, a conversa girou sobre música e cinema. Afinal, ele vinha de Paris, onde fora estudar aos dezesseis anos, e de onde retornava, agora, após concluir uma especialização em Bioquímica. O doutor Bownei, bem disposto como sempre, contou piadas e sacudiu o barrigão em risadas estridentes. Esse médico era gordo. Muito gordo!

Em torno das nove horas retirei-me, alegando cansaço. Antes de ir para o quarto, passei no gabinete para pegar o livro de Markuzzi. Encontrei a gaveta entreaberta. A pena usada para marcar a página havia sumido. Era inegável que o livro fora manuseado e reposto na gaveta. Mas quem poderia ter feito isso, se todos estavam na sala de jantar? A única pessoa que havia se ausentado algumas vezes para providenciar os pratos fora Anabel, mas eu me recusava a acreditar que ela estivesse bisbilhotando, afinal, era de extrema confiança e vivia com a família havia anos. O mesmo se poderia dizer da cozinheira e do jardineiro. Afora isso, apenas Meredith saíra para fumar no alpendre. Mas ele era primo da Cris e, com certeza, nada tinha a ver com os assassinatos ou a invasão da residência.

O simples pensamento de estar sob vigilância me deixou apavorada. Perturbada como estava, não consegui conciliar o sono. Levantei-me, acendi o abajur e recomecei a leitura do livro de Markuzzi. Só adormeci pela madrugada, com o livro nas mãos.

OS PERIGOS DA DESCOBERTA

Ao acordar, fui ao quarto de Cris. Ela estava bem e optou por ficar na cama, lendo. Despedi-me e segui para o gabinete levando os dois livros envolvidos em jornais. Por precaução, passei a chave na porta antes de colocá-los sobre a escrivaninha. Estava chateada, já que, em nenhum momento, Markuzzi mencionava o livro do faraó ou o código para abri-lo.

Liguei o computador. Havia um *e-mail* da Lica. Após longo comentário sobre Akhenaton, ela fazia uma pergunta: "Você já leu o poema chamado 'O esplendor de Aton'? Ele está na contracapa do livro de Markuzzi. Para mim, a resposta do enigma está ali".

Ela havia descoberto, entre outras coisas, que Akhenaton era considerado um herege por ter abandonado as velhas crenças e escolhido o Sol como o deus único. E mais, que ele havia fundado a cidade de Akhetaton, hoje conhecida como Tell-el-Amarna, não por idealismo, como se acreditava, mas para fugir da influência dos sacerdotes e fortalecer seu reinado. Bom, isso fechava com o que eu tinha lido.

Afinal, após mais algumas recomendações, ela encerrava com um "Continuarei pesquisando. Boa sorte, maninha".

Tomei o livro de Markuzzi novamente. Lica tinha razão. O editor destacava o poema "O esplendor de Aton" com várias considerações nas orelhas do livro, informando que ele fora esculpido numa das paredes de pedra do templo em que Nefertiti e Akhenaton faziam suas devoções. Recitei o texto em voz alta, com atenção redobrada. Era uma linda mensagem, e talvez a resposta que eu estava procurando. A sua primeira estrofe era marcante:

Teu alvorecer é belo no horizonte do céu,
Ó, Aton vivo,
Começo da vida!
Quando surges no horizonte oriental do céu,
Enches toda a terra com tua beleza;
Pois és belo, grande...
Teus raios cobrem as terras,
E tudo o que criaste...
Tu és Ra...

Li e reli o poema. Contudo, não encontrei o que procurava. Se o código estava nas entrelinhas, eu não o havia decifrado. Mesmo assim, tentei usar várias combinações aleatórias para abrir a trava metálica que selava o livro do faraó, como o número de estrofes, de versos e de palavras. Mas nada funcionou. Eu tornava a colocar as pequenas esferas de ferro no lugar e reiniciava a série, somando os números e dividindo-os. Tudo inútil. Desanimada, percebi que sem ajuda jamais desvendaria o código. Mas a quem recorrer? O lógico seria procurar o Ronald novamente. Mas o cara era intragável. Pensei nos alunos do tio William, mas eles geralmente vinham a Londres para o curso de especialização para retornar em seguida aos respectivos países.

Eu precisava de aliados, mas não conhecia ninguém em Londres, a não ser o pessoal da casa. Refleti ainda por um bom tempo, no entanto, sempre voltava ao mesmo ponto: eu não estava preparada para enfrentar aquele assunto sem o apoio de um egiptologista. E a única pessoa com as qualificações necessárias era o Ronald. Minha antipatia não era gratuita, pois embora nunca tivesse ido para o Brasil e, mesmo assim, vivia comparando-o ao Senegal, à Nigéria e até ao Congo. Era um chato, mas tinha talento dentro de sua área de atuação. Isso ninguém poderia negar.

Resoluta, tomei os dois livros, colocando-os na mochila. Em menos de uma hora, já estava em frente ao Museu Britânico. Apenas os meus passos ecoavam pelos longos corredores desertos àquela hora. Mauren, a secretária, me acolheu sorridente. Ronald estava em sua sala, informou.

Repetindo o costumeiro chavão, ele me saudou com sarcasmo:

– Ora, ora, eis que a embaixatriz brasileira me dá o prazer de sua presença novamente. A que devo tão elevada honra?

– Essa brincadeira me incomoda e o senhor sabe disso – reclamei.

– É, tem gente que não sabe apreciar um elogio – ele retrucou, ao oferecer uma cadeira.

A sala estava impecável, como de costume. Sobre a mesa, vários livros abertos e a lupa. Respirei fundo, iniciando o relato sobre a viagem ao Egito, a morte do tio William e a descoberta do livro que se acreditava ser do faraó. Ele escutou calado enquanto eu o colocava a par de todos esses acontecimentos.

– Muito bem. Estamos juntos nesta aventura, garota – ele finalmente respondeu, continuando: – Fetter pediu um estudo aprofundado sobre Akhenaton e Nefertiti, e tenho me dedicado a isso nas últimas semanas; porém, não descobri nada além daquilo que já sabemos.

– Por que o senhor me ocultou isso?

– Cautela, talvez – ele murmurou, sorrindo. – Agora, pare com essa história de senhor.

– O senhor, isto é, você me tratou como uma boba. Não sou mais uma criança. Que falta de consideração! – rebati, encarando-o.

– Nunca pensei que você fosse ficar tão irritada – ele retrucou.

Mesmo aborrecida, tirei livro do Faraó da mochila, colocando-o sobre a mesa, enquanto perguntava:

– E então? O que faremos?

Ele se jogou sobre o volume, como um faminto se lança sobre a comida ou um sedento sobre uma jarra de água. Mas, depois de meia hora de tentativas frustradas, devolveu o livro e sentou ao meu lado. Toda a sua arrogância havia desaparecido.

– Você tem alguma ideia? – perguntou, por fim, desanimado.

Senti vontade de rir. Ele parecia uma criança mimada que não conseguiu montar um brinquedinho qualquer.

– Vamos recapitular tudo o que sabemos sobre "O esplendor de Aton". Minha irmã acha que o código de Akhenaton está nas entrelinhas do poema – afirmei, enquanto tomava o livro de Markuzzi e relia a composição.

– A sua irmã é alguma especialista na história do Egito, por acaso?

– Não, Ronald. A Lica não é uma especialista como você, mas tem faro. Anotei o que ela escreveu. Veja: "Raquel, o poema é composto por seis estrofes. A primeira tem dez versos, a segunda, cinco; a terceira tem apenas um verso; a quarta, cinco versos; a quinta, dez; e a última, quatro. Ou seja: 1-10; 2-5; 3-1; 4-5; 5-10 e 6-4. Trabalhe com essa junção de números".

– *Hei*, espere aí. A sua irmãzinha não é tola mesmo! – Ronald gritou. – É. Só pode ser isso!

– E daí? Resolveu o quebra-cabeça?

– Hum... Tente a sequência dos versos de cada estrofe: 10, 5, 1, 5, 10, 4. Não. Espere. Eles ainda não usavam o zero. Vamos eliminá-los.

– Você quer dizer, 1-5-1-5-1-4? – indaguei, descrente.

– Isso mesmo! Vá por mim.

– Bom... O especialista aqui é você – concordei, tomando o antigo livro e alinhando as esferas metálicas.

Um fraco estalido garantiu o sucesso da operação. O livro do faraó estava franqueado. Ronald aproximou-se enquanto eu liberava as tiras do tal cadeado.

Sorri, eufórica, perguntando:

– Como é que você chegou a essa conclusão?

– Sua irmã tem faro, eu tive um palpite – confessou.

Nossas mãos, cúmplices naquele momento, levantaram a capa de couro, desvendando as páginas amareladas. Desenhos estranhos em tinta escura manchavam o papiro, página após página.

– Droga! – gemi. – Que escrita é esta?

– Você não esperava que ele estivesse escrito em inglês ou português, presumo – Ronald brincou, ao tomar o volume nas mãos para depositá-lo sobre a mesa.

– Você conhece estes caracteres?

– Deve ser o cuneiforme babilônico, como as tábuas de argila que foram encontradas em Amarna.

Ignorando a minha presença, lançou-se ao trabalho, ansioso para decifrar aquele enigma. Ofereci-me para ajudar.

– O primeiro passo – disse ele – seria estabelecer uma espécie de alfabeto, em que cada caractere deveria ser desenhado numa folha com as possíveis traduções ao lado.

A decodificação consumiu exatos quinze dias, com no mínimo dez horas diárias de trabalho. Com a concordância da Cris, Ronald mudou para o quarto de hóspedes de Cove Hill. Para todos os efeitos, ele estava ali para organizar os documentos do tio William e entregá-los posteriormente à Real Sociedade de Ciências.

Anabel vinha nos servir com regularidade, enquanto a Cris se recuperava aos poucos.

Durante o tempo em que estivemos trancafiados no gabinete, o inspetor Melbourne esteve algumas vezes na mansão, sempre à procura de algum pormenor para elucidar o assassinato do titio. No entanto, ainda não havia descoberto nada de maior importância. Não mencionei que havia encontrado o manuscrito.

Enfim, a fria umidade da primavera deu lugar às tardes ensolaradas. Aproveitando o tempo de folga, eu costumava caminhar pelas alamedas floridas do jardim após o almoço, só ou na companhia da Cris.

Nessa tarde em particular, eu falava sobre o Marcelo. Sua mãe fora encontrá-lo em Sidney e voltaria com ele para o Brasil, passando antes por Nova Iorque.

Ele se desculpava, pois havia prometido vir a Londres. Dona Milena precipitara tudo ao comprar as passagens. Agora, só nos veríamos em casa.

Para compensar esse aborrecimento, naquela manhã, Ronald e eu havíamos concluído a tradução do livro de Akhenaton. Antes do almoço, levei o original e uma cópia traduzida para o banco, guardando-os no cofre do tio William. Ronald transferiu o alfabeto e a sua cópia da tradução para o Museu Britânico. Ele pretendia confirmar algumas frases, sobre as quais ainda tinha dúvidas. Durante o jantar falaríamos com a Cris sobre nossas descobertas.

Acomodamo-nos sob o caramanchão de buganvílias para ler, aproveitando a temperatura agradável. No meio da tarde, Anabel trouxe o lanche. Bem disposta, ela conversava despreocupada enquanto nos servia. De súbito, um homem pulou o muro, correndo em nossa direção. Ele apontava uma arma.

– Calma, senhoras, quietas... Não façam nenhum movimento, e nada acontecerá.

– O que você quer? – Anabel indagou.

– Calada ou atiro. Não se movam, já disse.

– Paciência, moço. Ela está apenas assustada – justifiquei.

Ficamos agrupadas, uma amparando a outra, por cerca de meia hora, enquanto o homem consultava o relógio de quando em quando. Passado esse tempo, ele se lançou sobre a muralha, desaparecendo de vista.

Voltamos para dentro de casa aos tropeços tão logo o homem sumiu. Cristina fez questão de ligar pessoalmente para o inspetor Melbourne. Ele chegou em seguida, acompanhado por alguns policiais. Dessa vez, a casa inteira havia sido revirada. Nada fora poupado, desde os assentos das poltronas, cadeiras, sofás, até os colchões. Tudo fora retalhado, deixando o forro e a espuma à mostra. A destruição era assustadora.

Em pânico, Cristina começou a chorar. Quando conseguiu falar, anunciou:

– Vou aceitar o seu convite, Raquel. Vamos para o Brasil.

– Os meus pais ficarão encantados em recebê-la em nossa casa, Cris – respondi.

– Esperem, senhoritas – o inspetor intrometeu-se.

– Vocês não poderão sair de Londres até o final das investigações.

Eu já havia notado um brilho diferente no olhar da Cris quando o inspetor chegava, mas ela jamais demonstraria o seu afeto, por não se sentir em condições de amar ou ser amada. Desde o acidente, vivia em reclusão voluntária. Apesar disso, percebi que era mais do que amizade o que ela sentia pelo policial. O rubor de suas faces ao vê-lo e os suspiros prolongados indicavam que ela estava enamorada. O inspetor, contudo, não dava demonstrações de seus sentimentos. Parecia tão pretensioso como sempre, utilizando palavras do jargão policial, com ar de superioridade.

Melbourne não era de todo antipático, muito pelo contrário: o cabelo ruivo e o rosto sardento lhe davam uma graça natural que ele tentava esconder com a postura ereta e os gestos contidos. Era o protótipo de um policial britânico: sério, educado e muito formal.

Ronald retornou para Cove Hill ao saber do acontecido. Após a perícia concluir o seu trabalho, Melbourne despediu-se, dizendo que voltaria tão logo fosse possível.

Um clima de tensão se instalou entre nós, pois um novo ataque poderia ocorrer a qualquer momento. Aliás, o próprio inspetor não descartou essa possibilidade.

O MEDO

Naquela noite, pela quinta vez desde a trágica morte do dono da casa, Henri Edward Bownei esteve em Cove Hill. Embora fosse amigo do pai da Cris havia muitos anos, ele nunca fora tão assíduo em suas visitas. Dessa vez, demonstrou grande preocupação com a investida dos bandidos, oferecendo-se para ficar na mansão para nos proteger.

Cristina agradeceu, pois Ronald instalara-se na casa havia dias e Melbourne estava à disposição, se necessário. Mesmo a contragosto, o médico foi embora após o jantar.

Na manhã seguinte, Ronald já havia saído quando acordei. Ele ligou logo depois, contando ter sido vítima de um assalto ao chegar ao Museu Britânico. Eram dois os assaltantes e um deles estava armado. Ronald conseguiu se proteger do primeiro tiro colocando-se atrás de uma coluna, onde foi atacado pelo segundo bandido. O objetivo era a sua pasta de couro. Enquanto os dois lutavam, o outro atirou novamente, atingindo o comparsa. Ferido, o homem caiu e ficou se retorcendo no chão.

Após o disparo, o atirador entrou num carro com os vidros protegidos por uma película escura. A polícia chegou em seguida, mas um assaltante havia fugido e o outro estava morto.

Fiquei paralisada com a notícia. Aquilo não era uma brincadeira. Precisávamos estabelecer um plano de ação ou seríamos assassinados. Naquela noite, após longa troca de ideias, Ronald e eu chegamos a um consenso.

Dispensando muitas explicações, Cris nos autorizou a organizar uma reunião em sua casa, para discutir as pesquisas do pai. Cinco semanas após o falecimento do tio William, estávamos em condições de anunciar nossas descobertas.

Liguei para o Marcelo e depois para casa. A mamãe e o papai não haviam retornado ainda. Pedi para o tio Leopoldo vir para Londres o mais rápido possível. Ele ficou surpreso com o meu tom de voz.

– O que está acontecendo por aí, menina?

– Não posso explicar por telefone, tio. Venha e traga a Lica com você – pedi.

Vulnerável com os últimos acontecimentos, voltei a experimentar o mesmo terror de quando meus pais foram raptados e levados para a Floresta Amazônica. Naquela época, contudo, eu tinha a companhia do Marcelo e da Lica. Agora, estava sozinha, pois a Cris não tinha condições de defender a si própria, e o Ronald ainda era um desconhecido.

DESVENDANDO OS SEGREDOS DE AKHENATON

O dia da reunião chegou, afinal. Alguns convidados já estavam na sala de jantar de Cove Hill, mas até aquele momento eu não sabia se meus familiares viriam a Londres.

Ronald, Bownei e Cristina conversavam com o inspetor Melbourne, enquanto eu andava de um lado para o outro, com o coração aos pulos. Eu já estava conformada, quando Anabel entrou acompanhada pela Lica e pelo tio Léo. Com a ausência dos meus pais, Frau Berta praticamente o obrigara a vir. Abracei e beijei-os, saudosa.

Feitas as apresentações, acomodamo-nos ao redor da mesa da sala de jantar. Anabel serviu o chá e saiu da sala, fechando a porta com cuidado.

Ronald iniciou a reunião com um resumo dos fatos, desde a visita ao Cairo, o assassinato do tio William, a morte do livreiro e tudo o mais.

Quando ele fez uma pausa, mostrei o manuscrito para que todos pudessem ver do que se tratava.

– Vocês conseguiram reavê-lo? – o inspetor perguntou, agitado.

– Ele sempre esteve comigo – respondi, explicando, com detalhes, o que o livreiro fizera para enganar os ladrões.

A Cris ficou transtornada, começando a chorar. O inspetor tirou um lenço do bolso e, com extremo cuidado, secou-lhe as lágrimas. Esse foi o gesto mais carinhoso que ele se permitiu até aquele momento.

Ronald falou sobre o método utilizado para decodificar o livro redigido em cuneiforme babilônico, uma escrita muito antiga. Alertava, no entanto, que a tradução poderia ficar prejudicada por ele não ter familiaridade com alguns termos utilizados na ciência médica atual. A presença do doutor Bownei, um especialista na Biociência contemporânea, era, portanto, muito oportuna.

O tio Leopoldo interrompeu, perguntando qual era a relação entre um achado arqueológico com mais de três mil anos e a Medicina moderna.

Antes que Ronald pudesse falar, expliquei que o manuscrito era uma espécie de diário, no qual o faraó registrara sua luta contra os sacerdotes que influenciavam o povo a fim de subtrair suas riquezas; e onde ele relatava, também, as experiências científicas realizadas pelos sábios egípcios, hoje enquadradas em vários ramos da Medicina, como implantes e transplantes, e, até, alguma coisa relacionada à transgenia e clonagem.

Um longo silêncio recebeu minhas palavras e, então, Ronald continuou o relato, explicando que Akhenaton teria reunido os sábios do reino com o objetivo de curar Tutankamon, seu herdeiro, de um defeito na perna, resultante de uma queda. Seus homens teriam realizado estudos sobre a vida animal, vegetal e humana, tornando-se capazes de criar medicamentos, além de realizar cirurgias de transplantes e implantes.

O trabalho iniciara com a transplantação de partes de animais. Ratos para ratos, gatos para gatos, e assim por diante. Em pouco tempo, os tais sábios realizavam transplantes interespécies, utilizando um soro que evitava a rejeição e agilizava a cicatrização dos membros transplantados. Nessa época, teriam criado seres exóticos, classificados pela história como mitológicos.

Em determinado trecho, Akhenaton escrevia: "Depois de muitos insucessos, nossos cientistas conseguiram, finalmente, espécimes que chegaram a se desenvolver, obtendo os híbridos chamados de *basilisco*, uma mistura de serpente e galinha; a *hidra*, uma serpente com sete cabeças; o *grifo*, metade leão, metade águia; entre outras criaturas".

– E o inacreditável – falei – é que, após dominar a técnica entre os animais, eles passaram a aplicá-la em seres humanos.

O faraó registrara, igualmente, a primeira experiência feita num homem que nascera com uma deformidade no braço esquerdo. O membro defeituoso foi

amputado e ele recebeu o implante de braço retirado de um jovem sadio. O procedimento obteve sucesso e, daí por diante, a equipe do egípcio não parou mais. O faraó queria ter certeza de que a técnica apresentava resultados seguros, para só então aplicá-la no filho.

– Isso é um absurdo! Experiências como essas exigem equipamentos que apenas agora, no século XXI, o homem conseguiu desenvolver – Bownei gritou, exasperado.

– Espere, doutor. Se eles construíram pirâmides e outros monumentos com uma perfeição de causar assombro até os nossos dias, não poderiam também ter se desenvolvido na área da Medicina? – intrometi-me, acrescentando: – Todos já ouviram falar das fabulosas obras do Egito antigo, não é mesmo?

– A coisa toda tem lógica! Se havia problemas de consanguinidade, já que os casamentos aconteciam entre os membros da família real, o estudo do código genético seria o primeiro passo. Mas é difícil acreditar que eles tivessem condições de praticar tais procedimentos naquela época – tio Leopoldo ajuntou.

A Cris insinuou que Ronald estava blefando ou querendo difamar o seu pai perante a comunidade científica.

Olhei para minha prima e a vi de mãos dadas com o inspetor. Bom, não posso dizer se foi ele ou ela quem tomou a iniciativa, mas o certo é que os dois estavam ali, sentados bem juntinhos, com as mãos entrelaçadas.

– E a Mitologia, como entra nessa história? – Melbourne indagou.

Todos estavam bastante agitados. Interrompi o berreiro, pedindo que tivessem paciência para ouvir, esquecendo conceitos como gene, cromossomo, molécula e outros termos usados pela ciência moderna, pois os egípcios utilizavam outros nomes para definir o seu conhecimento.

Após a minha interferência, Cris se desculpou, afirmando que fazia questão de conhecer o conteúdo do documento resgatado pelo pai.

– Concordo, Cristina – Melbourne declarou. – Eu também quero ouvir essa história, pois ninguém sai por aí cometendo assassinatos e invadindo casas por um livro se ele não tiver algum valor científico.

O manuscrito revelava, ainda, que o primeiro híbrido humano tinha a parte superior do corpo humana, e a parte inferior de peixe. Esse espécime teria se reproduzido no mar, formando colônias. Ao macho chamavam *tritão* e à fêmea, *sereia*. Elas atraíam os homens com o seu canto mavioso, levando-os para o fundo do mar, onde eram devorados.

– Besteira, todo mundo já ouviu falar dessa lenda. Sereias não existem – Lica garantiu.

Como ninguém respondeu, ela acabou ficando quieta e a leitura recomeçou. No trecho seguinte, foi relatado que os egípcios fizeram as mais estranhas e exóticas combinações de híbridos, como Anúbis, venerado como um deus. Ele tinha a cabeça de chacal e o corpo de homem.

– Espere aí! Anúbis era aquele cara que pesava os corações para decidir quem tinha direito à vida eterna? – Lica voltou a se manifestar.

– Sim, maninha. Era. Mas agora fique quieta, por favor.

Foram citadas outras criações do faraó, como Maat, a deusa da verdade, uma jovem que tinha asas de águia; as *harpias*, monstros alados com o corpo de águia e o rosto de mulher; a *lâmia*, com o corpo de tigre e o torso e rosto de mulher; os *centauros*, com o corpo de cavalo e o torso humano; os *sátiros*, com a parte superior humana e a inferior de bode; homens com a cabeça de águia; o *minotauro*, meio homem, meio touro; entre outros.

– Espere aí! Algumas dessas criaturas fazem parte da Mitologia grega, e não egípcia – tio Léo argumentou.

– O senhor tem razão. Akhenaton afirma ter doado algumas criaturas para outros monarcas, mencionando inclusive o minotauro, oferecido a Minos, rei de Creta – Ronald explicou.

Para Lica, tudo começava a se encaixar, e ela foi relacionando outros deuses egípcios representados por seres híbridos, em parte humanos e em parte animais.

Finalmente, Ronald começou a descrever as técnicas, os componentes e as substâncias utilizadas nas fórmulas dos medicamentos. Num determinado trecho do manuscrito, ele leu: "Nefertiti recebe doses diárias do plasma preparado com destilado da urina de camelo, extrato do líquido amniótico, ovos fertilizados, aloés e as ervas de Gibraltar dissolvidas em sangue jovem, e sua pele nunca esteve mais sedosa".

Antes que alguém pudesse se manifestar, Anabel entrou, avisando que o jantar estava pronto. Fomos obrigados a nos dispersar, para que ela pudesse preparar a mesa.

Durante o jantar, os debates continuaram acalorados, mas nada de novo foi acrescentado. Pelas dez horas, o inspetor Melbourne se foi na companhia do médico londrino.

A VISITA

Nessa noite, após conversar com o Marcelo pela Internet, deitei ansiando por um sono reparador. Contudo, continuava a pensar nas informações do manuscrito. Estava amedrontada com a possibilidade de o homem criar espécimes novos e bizarros.

Antes de amanhecer, fui para o jardim. Logo minha irmãzinha veio ao meu encontro, cheia de argumentos.

– Sabe, Raquel, esse livro, na verdade, não traz inovações significativas para a Medicina. Apenas comprova que o homem pode interferir no curso da natureza. Neste momento, centenas de cientistas estão trabalhando nessa área. E só de vez em quando, alguma notícia chega à imprensa. A maior parte do que acontece nos laboratórios permanece em segredo.

– Todo mundo sabe disso, Lica. Mas, até agora, ninguém tinha inventado um soro como aquele descrito por Akhenaton. Um soro que cicatriza qualquer ferimento, tanto em humanos quanto em animais. Não são os implantes e transplantes que interessam a Medicina, e sim as fórmulas dos medicamentos – expliquei.

Após o almoço, ficamos conversando banalidades, enquanto Lica folheava alguns livros. Nem é preciso dizer que ela já havia se apossado da biblioteca do tio William. Aquele momento de calmaria foi interrompido pela campainha. Atendi, certa de encontrar os demais participantes da reunião. Deparei-me, no entanto, com um homem alto, magro e moreno, cercado por quatro homens armados.

Ele forçou a entrada sem nenhuma delicadeza.

– Mas o que significa isso? – Ronald e o tio Léo reagiram imediatamente.

– Desculpe-me pela visita intempestiva. Sou Mustafá Cassin, Secretário de Cultura do Egito – ele falou em inglês. – Soube da morte do doutor William Fetter e vim trazer os meus sentimentos à família.

– Os amigos de meu pai são sempre bem-vindos – Cristina respondeu. – Contudo, os seus seguranças devem esperar lá fora.

– Queira me perdoar, senhorita – ele falou, voltando-se para os guarda-costas, que se retiraram imediatamente.

– Sente-se, por favor – Cris convidou, indicando uma poltrona.

Cassin usava um terno escuro. O que o diferenciava dos ocidentais era o turbante sobre a cabeça. Sentou, como se estivesse fazendo uma concessão. Cristina nos apresentou, enfatizando que Ronald era um respeitado arqueólogo e o tio Léo, um parente brasileiro. Depois disso, indagou:

– Estamos honrados por receber uma visita tão ilustre quanto a sua.

– Na verdade, fui incumbido de reaver uma relíquia egípcia trazida indevidamente para a Inglaterra – ele retrucou.

– Não estou entendendo.

– Senhorita, meu governo soube, de fonte segura, que seu pai adquiriu um manuscrito descoberto no Vale dos Reis, cuja autoria foi imputada a Akhenaton, o faraó que representou a décima oitava dinastia egípcia. Ele não tinha autorização legal para retirar aquele documento do nosso país.

– O senhor deveria solicitar a devolução pelos meios diplomáticos, e não através da coerção e dos meios escusos utilizados por bandidos – Cris contra-atacou, elevando o rosto em desafio.

– William Fetter foi assassinado na viagem de retorno do Egito. Seus informantes devem ter lhe dito isso – Ronald intrometeu-se, completando: – O livro que ele tinha nas mãos foi roubado pelo criminoso.

– Os senhores sabem, tão bem quanto eu, que aquele livro não era o documento em questão – Cassin rebateu, irritado, colocando-se de pé.

– Isso é o que o senhor está dizendo. Nós desconhecemos o conteúdo do livro roubado na ocasião do crime cometido contra o meu pai – Cris afirmou, com segurança. – Apenas seus assassinos podem afirmar tal fato.

– Estou sendo delicado por respeito ao doutor Fetter – o homem declarou. – Contudo, vocês têm vinte e quatro horas para devolver o manuscrito. Se isso não for feito nesse tempo, arcarão com as consequências.

– Isso é uma ameaça? – Ronald o enfrentou, agastado.

Mustafá Cassin não se deu ao trabalho de contestar, e saiu da sala pisando firme, sem ao menos se despedir. Acompanhei-o até a porta. O egípcio e seus homens entraram no carro estacionado em frente ao portão no momento em que um táxi chegava trazendo Bownei e Melbourne. Cristina relatou o acontecido e eles ficaram indignados. Entretanto, não havia provas de que Cassin fosse o mandante dos ataques.

– Londres está muito perigosa ultimamente – tio Léo resmungou. – Vocês deveriam procurar um local mais seguro.

– Ora, professor, não seja por isso! O meu laboratório está à disposição. Ali teríamos condições de realizar qualquer tipo de pesquisa. E o melhor, sem grandes deslocamentos. O centro Biovitta possui equipamentos de última linha, além de técnicos qualificados – Bownei vangloriou-se.

– Cassin já sabe do seu envolvimento com Fetter. O laboratório Biovitta ficaria tão vulnerável quanto esta casa – Ronald rebateu.

– Bem, tenho um amigo brasileiro, médico especializado em transplantes, que é proprietário de uma ilha próxima a Angra dos Reis, no Rio de Janeiro. Tebaida é a sede de um laboratório experimental bem conceituado. O lugar é pacato, seguro e tem as condições técnicas para qualquer tipo de pesquisa. Além do que, Vergueiros e seus alunos trabalham há vários anos na busca de medicamentos para a rejeição de órgãos transplantados. Posso ligar para ele, se vocês permitirem, é claro.

– Duvido que esse médico tenha a estrutura tecnológica necessária no Brasil. Aliás, o seu país nunca foi conhecido por projetos inovadores em termos médicos, não é mesmo? Qual o nome desse laboratório? – o médico inglês perguntou, com ironia.

– Ah... Então o senhor conhece o Brasil e a sua tecnologia? – meu tio retrucou, no mesmo tom.

– Bem, eu não posso abrir mão de meus homens. Não acredito que por lá existam cientistas com o mesmo nível dos que atuam no Biovitta.

– Desculpe, meu amigo. Eu não desfaço do que não conheço – tio Léo rebateu, mais vermelho do que um tomate maduro.

– *Hei*, calma. Ninguém está aqui para se digladiar – Ronald interveio, com a intenção de apaziguar os ânimos.

– Você tem razão – o doutor Bownei concordou. – Parece que nos empolgamos demasiado, professor?

– Pois é. Às vezes isso acontece – o tio respondeu, baixando a guarda.

Melbourne afirmou que a transferência para o Brasil seria desnecessária e, até certo ponto, ofensiva. Era como se o Reino Unido não tivesse condições de proteger os súditos da Rainha ou visitantes estrangeiros em seu território.

– Você percebeu que o caso está tomando os contornos de uma crise diplomática, não percebeu? – Cris indagou, rodando a cadeira para junto da janela. – E isso está fora de sua jurisdição.

– Não posso negar esse fato, Cristina – o policial concordou, sentando à sua frente.

– Cassin já deve ter feito o seu protesto junto às autoridades inglesas, através da embaixada egípcia – tio Leopoldo sentenciou.

– Com certeza, serei chamado para dar explicações aos meus superiores – Melbourne assentiu com gravidade, continuando. – Política e diplomacia envolvem muitos fatores, vocês sabem...

Enquanto o grupo discutia, tio Léo telefonou para o médico brasileiro. Ao desligar, afirmou que o doutor Everaldo Vergueiros nos receberia em sua ilha, embora tivesse achado a história, no mínimo, extravagante.

– Então... Será necessário providenciar passagens e coisas assemelhadas – sugeri. – Isso se esta retirada estratégica for do agrado de todos.

– Claro, claro. Se não há outra escolha – murmurou Bownei, secundado por outras vozes –, partiremos de imediato.

TEBAIDA

Na manhã seguinte, após um telefonema, o mensageiro da agência de viagens trouxe cinco passagens para o Rio de Janeiro. Todos estavam com os passaportes em dia, o que facilitou a tramitação.

Tio Léo marcou o seu retorno e o da Lica para o mesmo voo. A despeito da contrariedade de Ronald, o doutor Bownei escolheu um dos cientistas do laboratório Biovitta para participar do projeto. Ele viajaria para o Brasil mais tarde.

Ao preparar as malas, separamos estritamente o necessário, pois o avião sairia de Heathrow às dezoito horas. Tínhamos, portanto, pouco tempo para os preparativos. Felizmente, havia disponibilidade de assentos para todos no mesmo avião.

Chegando ao Brasil, fomos de imediato ao Copacabana Palace, o tradicional hotel que já acolheu reis, artistas e pessoas do mundo inteiro. Fiquei preocupada com as despesas, mas Cristina se propôs a pagar a estada.

Encantada com a beleza de Copacabana, Cris permaneceu na janela muito tempo, olhando o movimento da praia. Do sorriso às lágrimas. Ultimamente, o seu humor passava da euforia à depressão em minutos.

– Não me conformo! Tudo o que eu queria agora era jogar voleibol como aquelas meninas bronzeadas ou correr de biquíni pelo calçadão, como essa jovem que passou rápida, em passos de atleta. Eu tenho dinheiro, Raquel. Muito dinheiro. Mais do que você possa supor. E trocaria tudo para andar novamente. Daria tudo, tudo...

– Não se martirize assim, Cris! – pedi, abraçando-a.

– Não é justo! Não quero permanecer à margem da vida – ela retrucou, soluçando.

Anabel se aproximou, cheia de cuidados.

– Oh, querida... Ora, ora, vamos – a governanta murmurou, afetuosa.

– Ah, Bel, Bel... Aquele acidente de carro. Por que logo comigo? Por quê?

Cristina falou, mais uma vez, sobre o acidente que sofreu aos vinte anos, quando o carro dirigido pelo namorado capotou numa curva da estrada. Ele morreu e ela sofreu um forte impacto na coluna. Sobreviveu, mas suas pernas ficaram imobilizadas. Foi obrigada a interromper o curso de Artes em Paris e jamais o retomou.

Após o desastre, seu pai tentou se manter mais próximo; mesmo assim, tiveram poucos anos de convívio. Ele não resistia às tentações e, onde houvesse algum mistério, lá estava, envolvido nas pesquisas. Nos últimos tempos, levava a filha em suas andanças. Dessa maneira, continuava o seu trabalho e a mantinha junto de si.

– Eu acho que nunca cheguei a entendê-lo de verdade. Meu pai era um herói distante, um homem que não demonstrava sentimentos. E, agora, não terei mais a oportunidade de conhecê-lo. Acabou! O grande explorador morreu, deixando apenas uma filha aleijada e imprestável.

– Quieta! Eu não quero ouvir mais essas tolices. Você não sabe o que diz – Anabel insurgiu-se.

Quando não se consegue oferecer consolo através das palavras, um silêncio solidário também ajuda. Só me ocorreu abraçá-la até que suas lágrimas se esgotassem.

Ao sair do quarto, encontrei a Lica em frente à porta, bastante preocupada.

– Como ela está? – perguntou, assim que me viu.

– Adormeceu. Tomou um sedativo.

No dia seguinte, o amigo do tio Léo chegou ao hotel e eles se trancaram no quarto. Algum tempo depois, fomos chamados para participar da conversa. Uma sala havia sido providenciada para esse encontro. Everaldo Vergueiros me pareceu muito simpático. Era o tipo de homem que inspirava confiança de imediato. Gentil, ele se apresentou, afirmando:

– O meu querido amigo Leopoldo Steiner explicou a coisa toda. Confesso que, não fosse a amizade e o respeito que tenho por suas credenciais acadêmicas, o teria mandado plantar batatas. Mas, como dizemos por aqui, onde há fumaça, há fogo. Portanto, vamos mergulhar nesse assunto por alguns dias.

O doutor Bownei tratava o seu colega de profissão com grande gentileza, sempre realçando a sua própria condição de especialista famoso, dono de uma clínica de renome.

A maioria de nós ficou calada nesse encontro, apenas ouvindo ora Ronald argumentar, ora o tio Léo fazer algum comentário. O médico inglês e seu colega brasileiro monopolizaram a discussão. Lica já estava inquieta com aquela conversa e não perdeu a oportunidade para manifestar seu desagrado:

– Chega de *blá-blá-blá*, gente. Queremos começar logo as pesquisas.

– Calma, menina. Isso é assunto de adultos – tentei refreá-la, sem muito sucesso.

Enfim, feitas as combinações, o doutor Everaldo Vergueiros despediu-se, informando que ligaria tão logo fosse possível. Sua maior preocupação, no momento, afirmou, era preparar sua casa para receber-nos. O laboratório e os alojamentos eram usados durante o período letivo pelo seu assistente e pelos alunos selecionados através de concurso pela Universidade do Rio. Nesse momento, oito jovens desempenhavam atividades de pesquisa em Tebaida com bolsas de estudos oferecidas pela Fundação Vergueiros.

Assim que ele saiu, Lica e eu fomos para a praia. Ao retornarmos, Cristina nos convidou para fazer compras. Havíamos trazido o mínimo de bagagens, e o calor exigia roupas e calçados leves, adequados ao clima.

Havia um *shopping* nas proximidades do hotel. Após adquirir o que precisava, Cris insistiu para escolhermos vestidos, *shorts*, blusas e biquínis. Fomos educadas para comprar apenas o essencial, mas, nessa ocasião, realmente precisávamos de roupas novas.

Retornamos para o hotel carregadas de embrulhos e sacolas. Logo depois, no lugar do tradicional chá das cinco, optamos pelos sorvetes de graviola, manga e cupuaçu. Saboreávamos aquelas delícias quando um funcionário do hotel nos interrompeu, avisando que havia um chamado telefônico. Corri para atender. Meus pais ligavam de Cuiabá. Em função de chuvas torrenciais, tinham ficado isolados na região da cachoeira Véu de Noiva, no Parque Nacional da Chapada dos Guimarães.

Rapidamente coloquei-os a par de todos os acontecimentos. Frau Berta já lhes havia informado que o tio Léo estava conosco. Como de costume, fizeram várias recomendações, prometendo vir ao nosso encontro no início do mês seguinte, quando pretendiam concluir os trabalhos arqueológicos naquele lugar.

Em vez de choramingar, como sempre, Lica tranquilizou-os, dizendo que cuidaria de mim, invertendo os papéis, pois quem precisava de uma babá era ela.

Enfim, despedimo-nos. Senti-me mais animada por dividir meus temores com eles.

Na sexta-feira, conforme o combinado, o doutor Vergueiros ligou, informando que nos aguardava para o almoço, no dia seguinte. O tio Léo explicou que pretendia deixar informações precisas com o gerente do hotel sobre Tebaida, a fim de que o assistente de Bownei pudesse se juntar a nós ao chegar.

– Não... Não faça isso, meu amigo. Não é seguro. Peça ao Bownei para ligar de um telefone público, fornecendo o número do celular que vou repassar. Anote aí. Esse médico não deve se hospedar no Copacabana Palace, nem mencionar Tebaida. Pode estar sendo seguido. O tal Cassin deve ter colocado o laboratório de Londres sob vigilância.

– Você tem razão. Ainda não me acostumei com essa situação – o tio Léo desculpou-se, envergonhado, concluindo:

– Preciso ser mais cuidadoso.

Deixamos o hotel no sábado antes das oito horas, deslocando-nos em dois carros para a Marina da Glória, onde o iate *Tebaida I* aguardava. Durante a viagem, ficamos encantados com a paisagem costeira enquanto a embarcação contornava o continente, aproximando-se das ilhas.

Passamos por Gipoia, Paquetá e Cataguazes, antes de avistarmos a Ilha Grande. Algum tempo depois, o iate fez uma curva em direção a Tebaida. A ilha ficava a doze quilômetros da costa e tinha uma área de cerca de seis quilômetros quadrados; contudo, ela se destacava entre as ilhotas que salpicavam a região costeira, tanto pelo tamanho quanto pela infraestrutura.

Um casal nos aguardava no ancoradouro com dois jipes. José Clemente e Jurema apresentaram-se como caseiros da ilha. Acomodamo-nos nos veículos enquanto eles tratavam das bagagens. Logo rodávamos por uma estradinha recortada no meio da mata. A vegetação formava um túnel verde, deixando à mostra tufos de hibiscos, buganvílias e alamandas entrelaçadas com as árvores centenárias. Minutos depois, apareceu uma casa em meio a um jardim tropical.

O anfitrião aguardava na varanda, de camiseta e bermudas de algodão. Enquanto as malas eram levadas para os aposentos por dois rapazes, o casal serviu drinques e refrescos e, logo a seguir, o almoço. Havia uma grande mesa na varanda envidraçada, com vista privilegiada para o jardim e para o mar.

– Fizeram boa viagem?

– Excelente, Vergueiros! Excelente! – Bownei respondeu, com as mãos entrelaçadas nas costas.

– A sua ilha é fantástica. Estou deslumbrada! – Cris elogiou, manobrando sua cadeira de rodas de um lado para o outro.

O almoço, composto por pratos típicos, com fartura de peixes e outros frutos do mar, estava uma delícia. Após a refeição, alguns se recolheram para uma sesta e

outros permaneceram na varanda. Observador como sempre, tio Léo perguntou se o dono da casa estava com algum problema ao notar certo ar de preocupação em seu rosto. O médico respondeu que suspender o projeto em andamento não estava em seus planos. Mas que achava importante descobrir se existia algum fundo de verdade no livro do faraó. Confessou ter causado grande decepção ao doutor André, seu assistente.

Meu tio também disse ter tido certas dúvidas quanto ao manuscrito e até chegara a pensar que fosse uma brincadeira de mau gosto de algum espertinho. Mas havia descartado essa hipótese, pois William Fetter era um cientista experiente e não se deixaria enganar.

– Bem, meu amigo... Agora, é tudo ou nada – Vergueiros contrapôs.

Ainda conversando, os dois se embrenharam pelas veredas floridas em direção ao laboratório. Tio Léo queria conhecer as instalações. Sem ter o que fazer, Lica e eu fomos atrás. Ao longo do caminho, eles foram recordando o tempo de estudante. Só então ficamos sabendo que os dois eram amigos desde a juventude.

– O André é filho de uma antiga governanta da família. Quando ela morreu, coloquei-o num internato e depois custeei seus estudos. É um excelente médico e pessoa de grande competência.

– Então, esse rapaz acabou se transformando num filho adotivo – o titio sugeriu.

– Sim, ele teve as mesmas oportunidades que Alice, minha filha. Ela nunca morou comigo, só vem para cá nas férias ou quando briga com a mãe. Problemas de pais divorciados.

– Compreendo – tio Leopoldo respondeu.

Finalmente nos deparamos com um prédio enorme que parecia nascer das rochas, na ponta da ilha. Se de um lado havia o mar, nos outros era contornado por árvores de grande porte e muitos arbustos. Odores de jasmim e madressilvas espalhavam-se por todas as direções.

Sentamos nas pedras enquanto o tio Léo entrava no pavilhão na companhia do seu amigo. Uma hora depois, os dois vieram ao nosso encontro.

No retorno, o médico informou que a Fundação Vergueiros tinha vários projetos ligados à Medicina e o principal deles era dedicado à criação de novos medicamentos.

Chegando à mansão, o anfitrião encaminhou os filhos do caseiro ao continente, a fim de buscar suprimentos e combustíveis. Lica pediu para ir junto, pois queria conhecer Angra dos Reis. Preocupado com a sua segurança, tio Léo os acompanhou.

Ronald e Bownei acomodaram-se na varanda e lá ficaram falando sobre William Fetter e suas descobertas. Logo depois, chegou um rapaz cuja idade se assemelhava à de Ronald. Vergueiros o apresentou como André, seu assistente.

Havia tristeza em sua expressão, enquanto deliberavam sobre o destino dos estagiários. Se bem entendi, ambos trabalhavam havia cinco anos na busca de uma fórmula eficaz para evitar a rejeição de órgãos transplantados, tendo avançado consideravelmente nos últimos meses. Algumas plantas da Amazônia tinham demonstrado um grande potencial.

O próprio Everaldo Vergueiros afirmou ter ido ao Xingu para entrevistar um velho pajé que conhecia as ervas utilizadas pelos índios em caso de ferimentos. Pareceu-me que o jovem médico não estava disposto a suspender esses estudos a fim de liberar o laboratório.

Segundo ele, as pesquisas estavam bastante adiantadas e era um absurdo parar justamente a um passo da formulação correta da droga. Vergueiros bateu levemente em seu ombro, pedindo-lhe para dispensar os alunos por dois meses e guardar as anotações, pois retornariam a elas tão logo fosse possível.

O rapaz lastimou suspender as pesquisas, afirmando que os prejuízos seriam incalculáveis, e, por fim, declarou:

– Mas, se é esse o seu desejo, não se preocupe. Desocuparemos as instalações pela manhã.

O sol se escondia por trás das árvores. A noite não demoraria a chegar, deduzi, embrenhando-me por entre as plantas. Pensativa, sentei de frente para as escarpas rochosas. Estava preocupada com o Marcelo. Ele havia dito que ligaria assim que chegasse ao hotel, mas, até aquele momento, não havia feito nenhum contato.

O REENCONTRO

A noite já havia abraçado a ilha, quando o iate *Tebaida I* retornou. Além das compras, trazia uma jovem morena de cabelos negros. Com desenvoltura, ela se apresentou:

– Olá, eu sou Alice Vergueiros, filha do doutor Everaldo. Sintam-se à vontade. Vou entrar. Estou ansiosa para rever o pessoal da casa. Com licença.

Ronald ficou estático com a chegada daquela moça de sorriso iluminado. A Lica não perdeu tempo e foi logo dizendo:

– A Alice é uma garota muito legal. É professora de inglês.

Anabel chegou empurrando a cadeira de rodas da Cris, e logo estávamos todos reunidos na varanda. O lugar era muito aconchegante e espaçoso. A mesa de refeições já estava preparada. Jantava-se em torno das dezenove horas, mas todos continuavam ali até a hora de deitar.

André e Alice conversavam a meia-voz no jardim:

– Alice, Alice... Senti muito a sua falta.

Ela respondeu alguma coisa e os dois se afastaram, para retornar em meia hora.

Tudo estava em paz, até o doutor Everaldo falar sobre Akhenaton. André retrucou que aquilo não passava de um amontoado de tolices.

– Você continua o mesmo, hein, André! – Alice o repreendeu, aborrecida.

– Calma, calma. Nós já havíamos decidido desvendar esse mistério de uma maneira ou de outra. Só quero deixar claro, André, que a sua presença é muito importante para mim. Estou contando com a sua cooperação. Não vá me falhar agora – contemporizou o dono da casa.

– Perdoe-me pelo arrebatamento, doutor – o rapaz respondeu, continuando: – Acabei me excedendo. Não pretendia ser mal-educado. Mas convenhamos que essa história é doida demais.

– Eu também tive uma reação parecida com a sua, de início. Mas acabei me convencendo de que até no insólito existe alguma lógica e sabedoria. Estou pronto para embarcar nessa experiência singular e quero começar o mais rápido possível. Confie em mim. Eu nunca o decepcionei.

– Um pedido seu é uma ordem, doutor Vergueiros. Farei o que for possível, apesar de achar que o senhor está cometendo um erro irreparável.

Nesse momento, Ronald lhe entregou uma das cópias do manuscrito, já traduzida ao português. Um trabalho do tio Léo. O jovem médico agradeceu a gentileza, mas largou-a sobre um balcão, afirmando que lia e falava muito bem o inglês e que poderíamos continuar a falar esse idioma, como vinha acontecendo.

Cristina sorriu, agradecendo com um aceno de cabeça, pois, como os demais visitantes, ela conhecia apenas algumas expressões em português, e isso seria insuficiente para manter uma conversação. Aliás, desde a chegada à ilha, só nos comunicamos em inglês, pois até os empregados já estavam habituados ao idioma, em função das visitas costumeiramente recebidas do exterior. Por sorte, Lica e eu não teríamos problemas, uma vez que estávamos tão habituadas ao inglês quanto ao português.

As discussões sobre o livro do egípcio foram reiniciadas, quando Bownei informou que trouxera com ele a maior parte dos elementos químicos e vegetais mencionados, incluindo a urina de camelo.

Pela manhã, na hora do café, quando Lica e eu chegamos à varanda, apenas Alice e André faziam a refeição. E, pelo jeito, haviam retomado o assunto da noite anterior.

– É inconcebível que médicos do quilate do doutor Everaldo ou desse Bownei tenham acreditado nessa farsa. É muita ingenuidade para cientistas de tal renome – André resmungou, ignorando a nossa presença.

– Pelo que percebi, todos têm dúvidas. Mas o pai está disposto a mergulhar fundo nesse assunto. E, depois, o professor Léo conhece o arqueólogo que traduziu o manuscrito.

– Para mim, esse Ronald é apenas um caça-ossos de meia-tigela. Deve ser um charlatão.

– Nossa... Como você é preconceituoso! Um sábio tem a mente aberta e deve estar sempre pronto para novas experiências.

– Muito bem, então, agora sou um ignorante? É isso mesmo o que você pensa? Ora, fique então com esse caça-ossos. Ele parece deveras um depósito de sabedoria.

– Até parece que você está com ciúme!

– Você sempre se coloca no centro do universo, Alice – dizendo isso, ele desapareceu por entre os arbustos.

– Homens! – disse ela, piscando para nós. – Havia esquecido que André nunca fica por perto para ouvir os meus argumentos. Ele está irritado porque seus alunos foram dispensados. Vocês não gostariam de me acompanhar até o ancoradouro? Quero me despedir dos estudantes que retornam ao continente.

– Vamos lá, estou ansiosa para caminhar um pouco – Lica respondeu de imediato.

Foi um passeio agradável pelas veredas arborizadas. Alice era muito simpática. Logo minha irmã e eu estávamos falando sobre nossos pais e o trabalho que faziam.

– Vocês não ficam chateadas por eles viajarem tanto?

– Houve um tempo em que isso me aborrecia – Lica confessou –, mas agora consigo entendê-los. Eles adoram suas pesquisas. O tio Léo tem o mesmo perfil. Acho que eles só se sentem felizes quando estão desvendando algum mistério.

Chegamos tarde para a despedida. O iate já havia partido, levando os jovens bolsistas.

Em vez de voltar para casa, fomos até o laboratório. André estava numa das salas e não fez nenhum esforço para ser simpático ou para esconder seu desgosto com o afastamento dos estagiários. Vergueiros chegou depois, na companhia de Bownei e tio Léo. Falava alto, cheio de entusiasmo, mas, ao notar o quanto seu assessor estava aborrecido, levou-nos para outra sala.

– André não gostou da mudança de planos, mas se a história do faraó tiver realmente algum fundamento, ele será o primeiro a reconhecer. Fiquem tranquilos. Conheço esse rapaz – o médico afirmou.

Sempre bem disposto, falou sobre as experiências feitas ali, enquanto nos mostrava instalações e equipamentos. Após a visita às dependências do laboratório, ele foi para o seu gabinete de trabalho e nós retornamos para a mansão.

Depois do almoço, André e Ronald protagonizaram algumas discussões acirradas. O médico deixou claro que só participaria dos trabalhos se os experimentos fossem realizados pelos profissionais da área, sem interferências de pessoas não preparadas para interagir nos processos químicos, farmacológicos e cirúrgicos.

– Você não está sendo nada delicado, André – Alice objetou, acrescentando: – Estaremos presentes, mas é óbvio que não vamos interferir. Ora, estamos curiosos para descobrir se as tais fórmulas são realmente eficazes.

– Eu não quero ser grosseiro com ninguém, Alice. Agora, você deve me dar o direito de duvidar dessas fantasias! Onde já se viu gerar criaturas como aquelas que foram descritas por Homero e Hesíodo na Antiguidade?

– Nada é impossível, doutor – minha irmã afirmou, aproximando-se. – E por que não? A própria Bíblia traz referências a seres híbridos em vários trechos, incluindo os querubins que guardavam a Arca da Aliança no templo de Salomão.

– Eu não vou discutir isso com você, menininha. Poupe-me – ele disse, virando-se em direção à porta.

Quando o médico saiu, tio Léo ralhou com a Lica, por ela ter se metido num assunto que não lhe dizia respeito. Senti vontade de brigar com ela, também, mas calei. A maninha pode ser um gênio em certos assuntos, mas é uma criança, e chorona, ainda por cima. E o pior, já estava bastante assustada com a reação do médico.

Para aliviar o ambiente, convidei-a para assistir a um filme na televisão. Depois, liguei para o Marcelo. Ele ainda estava em Nova Iorque.

AS PESQUISAS

André nos recebeu na porta do laboratório na primeira manhã, conduzindo-nos até a sala de preparação, onde detalhou os procedimentos de higiene e a necessidade de troca de roupas para entrar nas salas esterilizadas, onde seriam feitos os experimentos científicos. Os cuidados com a higiene seriam fundamentais para o sucesso das experiências, tanto para o preparo das fórmulas quanto para os processos dos transplantes, afirmou, muito sério. O doutor Bownei reforçou seus argumentos dizendo que a contaminação já abortara muitos experimentos, resultando em perdas significativas de tempo e recursos.

Fomos alertadas sobre os locais restritos ao uso dos profissionais. Na realidade, poderíamos circular livremente no *hall* de entrada e nos escritórios.

Alice se juntou a nós, com o propósito de colaborar. Ronald pediu-lhe que digitasse as fórmulas, enquanto ele organizava um fichário. Lica acompanhou os doutores Everaldo e Bownei até o biotério para escolher cobaias para os estudos. Havia ratos, cobras, porcos, lagartos, coelhos, cães e gatos. Trouxeram apenas três ratos numa gaiola. Isso seria suficiente para dar início aos trabalhos.

Sem ter o que fazer, eu zanzava de um lado para o outro, sempre atenta ao que acontecia. Pelo vidro que isolava o laboratório, percebi que André continuava mal-humorado, embora tenha assumido a postura de um pesquisador compenetrado quando começaram a trabalhar nas fórmulas.

O trabalho era enfadonho, pois consistia na maceração de alguns preparados, evaporação de outros, manipulação de pipetas, frascos, ampolas, buretas, cadinhos, balanças, centrífugas, destiladores, analisadores de umidade e até purificadores.

Todas as etapas da pesquisa eram cuidadosamente registradas através de um gravador. No fim do dia, Alice transcrevia os relatórios, repassando as folhas impressas para Ronald arquivar.

Seis dias após a nossa chegada, o assistente de Bownei desembarcou no Rio de Janeiro, Alguém deveria buscá-lo. Alice se ofereceu para trazê-lo até Tebaida.

Ela saiu com o iate à tarde e voltou na hora do jantar com dois homens em vez de um. Sem demonstrar surpresa com aquele acréscimo inesperado na equipe, o médico inglês os apresentou como Albert Glenn e Teodore Meredith.

Cristina foi tomada pelo espanto, pois, por uma estranha coincidência, o destino a reunia com o primo recentemente encontrado.

Ele também se mostrou surpreendido com a presença da parenta num lugar tão distante como aquele. O diretor do Biovitta elogiou o rapaz pelo seu trabalho como bioquímico, destacando o seu currículo diferenciado. E, sem dar tempo para nenhuma pergunta, passou a explicar como se daria o experimento e a parcela de trabalho a ser realizada por cada um dos recém-chegados.

Assim que ele parou de falar, Vergueiros acrescentou:

– Então, só nos resta dar as boas-vindas aos novos integrantes da Confraria da Tumba 55.

– Confraria da Tumba 55? Essa é demais! – André resmungou, sacudindo a cabeça.

Percebi, no dia seguinte, que uma trégua havia sido estabelecida entre os membros do grupo, pois, a partir do ingresso dos dois ingleses, o trabalho os ocupava por completo.

Cristina parecia alheia a tudo, envolvida com suas telas, pintando as paisagens exuberantes da ilha, sempre na companhia de Anabel. Ela estava readquirindo a destreza e a sensibilidade. Percebia-se que o talento voltava a se manifestar na perfeição dos traços de seus quadros.

Uma semana depois de o elixir denominado de *fórmula antirrejeição* começar a ser produzido, André

e Vergueiros realizaram o primeiro procedimento em uma das cobaias.

A pata de um rato foi decepada, e depois reimplantada. Ele passou a receber o preparado antirrejeição através de uso tópico. No segundo experimento, um rato teve uma de suas patas traseiras seccionada, recebendo o transplante do membro de outro animal. Nesse caso, o soro foi aplicado na forma injetável e tópica. A cicatrização ocorreu em cinco dias, superando todas as expectativas.

Enquanto um grupo tratava dessa parte, o outro se envolvia no preparo de uma segunda fórmula, que continha alguns dos elementos da primeira, mas também outras substâncias exóticas. Essa essência, segundo o faraó, tinha a capacidade de restaurar corpos debilitados e curar doenças desconhecidas, bem como ferimentos e tumores.

Na prática, os dois procedimentos eram feitos em conjunto. De um lado, havia o processo dos transplantes de um indivíduo para o outro, em animais da mesma espécie, enquanto o outro consistia na aplicação da segunda fórmula em animais debilitados e naqueles em que os pesquisadores haviam desenvolvido tumores propositalmente. E, nos dois casos, os resultados foram considerados satisfatórios. O primeiro a reconhecer o valor das drogas foi o próprio André, que, numa das reuniões, declarou:

– Sou obrigado a reconhecer que os soros têm eficácia comprovada. Nessas três semanas de trabalho, realizamos oito cirurgias e perdemos apenas uma cobaia. Tanto o soro antirrejeição quanto aquele que denominamos de regenerador celular têm um valor terapêutico inquestionável. Eu nunca havia obtido resultados tão promissores antes.

– Talvez seja o momento de realizarmos experimentos mais ousados, como transplantes de órgãos entre espécimes diferentes – Bownei sugeriu.

– Discordo – rebateu Vergueiros. – Não quero e não vou criar aberrações.

– Pense bem, doutor! Essa é uma oportunidade única para ampliar os nossos conhecimentos, e devemos aproveitá-la ao máximo. A questão ética é discutível – Meredith contra-atacou.

– O nosso foco sempre foi e continua sendo o efeito terapêutico das fórmulas – André afirmou, reforçando as palavras do seu mestre.

– Os laboratórios internacionais pagarão fortunas pela fórmula antirrejeição, assim como pela fórmula de combate aos tumores, provalmente, também eficaz contra o câncer, ou, ainda, o preparado de rejuvenescimento da pele usado por Nefertiti – Meredith contrapôs.

– Na verdade, isso pode se transformar numa mina de ouro. As mulheres são capazes de gastar até o último tostão quando se trata de manter a juventude, não é mesmo? – Glenn comentou, gargalhando.

– A vaidade não é um sentimento restrito apenas às mulheres, vamos convir – Cris interferiu, chateada com os rumos da conversa.

– Você tem razão, Cristina. Hoje, todos somos vaidosos – Meredith respondeu, posicionando-se ao lado da prima.

Essa não foi a primeira nem a última discussão entre os participantes do estudo. Durante os serões que se estendiam até a meia-noite, sempre surgiam debates sobre algum assunto.

Numa dessas ocasiões, André convidou Alice para um passeio, deixando os demais envolvidos numa disputa acalorada.

– Ué, você não vai entrar no bate-boca? Que milagre é esse?

– O seu pai sabe se defender muito bem – ele respondeu, puxando-a pela mão.

Ronald levantou-se, sobressaltado, mas voltou a sentar, fingindo indiferença.

Para evitar que a minha irmã se metesse em alguma encrenca, convidei-a para uma partida de xadrez. Ainda estávamos jogando quando o casal retornou. Apenas Ronald estava sentado na penumbra, com um copo de uísque na mão.

– O pessoal já foi dormir, Ronald?

– O que você acha? – ele respondeu, irritado, largando o copo com força sobre a mesa, saindo dali sem ao menos desejar boa-noite, como de hábito.

– Parece que o seu amigo caça-ossos bebeu mais do que devia – André falou, caçoando.

– O que será que deu nele?

– Isso é ciúme, Alice. O cara tá gamado – Lica intrometeu-se.

CRISTINA

Na manhã seguinte, quando chegamos para o café, havia uma discussão em altos brados. Sentei entre Lica e Cris. Alice chegou, dando bom-dia, mas Ronald a ignorou com acinte.

– Olá. O que está acontecendo? – ela perguntou, assombrada com a veemência da discussão entre André e Meredith.

– Pergunte ao seu amiguinho – Ronald respondeu, sem olhá-la.

Minha prima interrompeu a discussão, afirmando que estava decidida e não voltaria atrás.

– Do que você está falando? – indaguei.

– Vou me submeter ao tratamento com a fórmula, Raquel. Refleti muito antes de tomar essa decisão. Meu pai acreditava no seu potencial de cura, e isso, para mim, já é o bastante.

– Você está doida?! – perguntei, assustada.

– Ainda estamos na fase experimental. Será extremamente danoso se a fórmula apresentar efeitos colaterais ou não funcionar em seres humanos – André explicou.

Cristina retrucou que conhecia os riscos, mas confiava na intuição do pai. Além do que, a fórmula antirrejeição já comprovara a sua eficácia nos animais.

– Uma cobaia! É nisso que você quer se transformar? – Alice exclamou, chocada.

– Eu também acho uma intervenção prematura – Ronald acrescentou.

– Posso ouvir isso de todos, menos de você. Você sempre defendeu as teorias do meu pai, com a famosa frase: "Calma, Cristina, o seu pai sabe o que está fazendo". Bem... Desta vez, tomarei minhas próprias decisões.

Só então ficamos sabendo que, na noite anterior, Meredith e Bownei haviam convencido a Cris a se submeter à cirurgia, contrariando alguns dos presentes. Ela não só aceitou o desafio, como se dispôs a arcar com os custos de montagem de uma sala cirúrgica no laboratório.

Glenn, Bownei e o doutor Vergueiros haviam se deslocado para o Rio de Janeiro naquela manhã, com o propósito de alugar ou comprar os equipamentos necessários.

Alice pediu a interferência de Ronald, afirmando que a decisão era precoce, pois as pesquisas ainda não eram conclusivas. Ele fixou os olhos azuis em seu rosto, perguntando num tom áspero:

– O que você quer que eu faça? Ela já decidiu.

Alice tentou continuar a argumentação, mas ele desabafou:

– Ontem à noite, enquanto você aproveitava o clima idílico da ilha com o seu namorado, o pessoal discutiu a proposta da Cristina e todos acabaram sendo persuadidos por Meredith. Agora é tarde para o seu doutorzinho tentar mudar a decisão.

E, dizendo isso, recolocou os óculos e se foi para o laboratório. Meredith pedira cópias de todas as fórmulas testadas, disse ao se afastar.

Aí, foi a minha vez de interferir. Corri atrás dele, chamando-o:

– Ronald, por favor, escute. Acho que devemos protelar a entrega das fórmulas para esse moço.

Ronald virou as costas e partiu, deixando-nos sem nenhuma palavra.

– Como os adultos são complicados! – Lica murmurou, pegando uma maçã.

Depois desse bate-boca, Cris voltou para o quarto com Anabel e nós fomos para o laboratório. Chegando lá, vimos Meredith e André examinando Corisco, o cachorro que tivera uma das patas seccionadas, para depois receber o membro de outro animal. Ele ainda estava com as ataduras, mas as condições gerais eram satisfatórias. Cão de sorte! Um pescador trouxe dois cães feridos para a ilha. Um deles morreu e outro herdou uma de suas patas. O sobrevivente foi batizado de Corisco pela Lica, que estava justamente lendo um livro sobre o cangaço. Esse foi o primeiro transplante feito em um cão.

Alice pegou o gravador, acomodando-se em frente ao computador, e começou a digitar.

Lica e eu nos acomodamos num sofá, ao lado do tio Léo, com os nossos livros preferidos. Após algum tempo, ele perguntou:

– Raquel, essa moça, a Alice, ela está namorando o médico ou o Ronald?

– Como é que vou saber, tio?

– Não vai me dizer que o senhor também está gostando da Alice, meu tio – Lica alfinetou, dando uma risada.

– Deixa de ser tonta, menina. Então não mereço mais o seu respeito?

– Opa, tio. Quanta sensibilidade! – ela retrucou, olhando para mim como quem diz: "Eu tinha certeza".

Pouco depois, Ronald entrou na sala e entregou um objeto para a Alice.

– O que é, Ronald?

– É um cartão de memória para computador. É impermeável, pequeno, fino, mas tem trinta e dois *gigabytes* de memória. Você pode salvar todos os arquivos do projeto e guardar neste medalhão.

– Você é muito gentil! É lindo! Eu nunca tinha visto um *pen drive* assim. Parece uma joia. O medalhão é de ágata?

– É. Dizem que a ágata azul traz felicidade e sorte. Para abrir o medalhão, aperte nessa pedrinha. Assim, veja. Mas, por favor, não comente com ninguém. Esse será o nosso segredo.

– Obrigada. Achei a ideia genial!

Ronald nos ignorou ostensivamente e saiu da sala cantarolando. Nem parecia o mesmo homem que tínhamos visto naquela manhã, enciumado e de mau humor.

Animada, Alice mostrou o presente. Tio Léo aproveitou para afirmar que os modernos *hard discs* poderiam armazenar até um *terabyte* de memória, além de custar uma ninharia. Ela sorriu, dando de ombros.

No final do dia, contou ter transferido todas as informações sobre o projeto para o cartão de memória, inserindo-o depois no medalhão que pendia de uma corrente.

Na ausência do doutor Vergueiros, após o jantar, cada um foi para o respectivo aposento. Os médicos só retornaram do Rio de Janeiro no dia seguinte, afirmando que a sorte os havia favorecido. Arrebataram muitos equipamentos por um preço bem inferior ao praticado no mercado, em um hospital que fechara, após a morte do seu proprietário. A próxima etapa seria preparar a sala de cirurgia, montar e higienizar os instrumentos.

Naquela noite, falei com Marcelo novamente. Ele disse que estava pronto para embarcar para o Rio de Janeiro. Ligaria para informar o nome do hotel assim que estivesse instalado.

Pela manhã, Lica e eu nos prontificamos a ajudar nas atividades do laboratório, mas o doutor Vergueiros riu e disse que deveríamos aproveitar o calor e ir para a praia. O que, aliás, era tentador, visto que no lado sul de Tebaida havia uma pequena enseada de areias claras e águas mornas.

Três dias depois do retorno dos médicos, um navio aportou em Tebaida trazendo os equipamentos, bem como os técnicos contratados no Rio. Enquanto os adultos se dedicavam ao trabalho, nós aproveitamos a praia desde a manhã até a noite.

Cristina parecia outra pessoa. Estava muito otimista e não admitia falar sobre a probabilidade de um fracasso.

Ela foi submetida a vários exames e testes de intolerância às substâncias que seriam utilizadas. Houve também a preocupação de estocar sangue e plasma, para as possíveis transfusões.

Felizmente, ela não apresentou nenhuma alergia. André e Meredith disputavam a sua atenção, cada um procurando demonstrar maior conhecimento do que o outro. E, para isso, realizaram um sem-número de exames de raios X, ecografias e tomografias. Mesmo assim, nunca chegavam a um consenso.

– A protuberância óssea que se formou no local é uma espécie de calo. Precisamos retirá-lo, para só então implantar as células-tronco. Se tudo correr conforme o esperado, a Cris voltará a andar – André afirmou, demonstrando confiança.

– Cris? Ora, ora, como estamos! Agora não é mais Cristina. Parece que a amizade de vocês evoluiu muito nesses últimos dias – Meredith resmungou, alfinetando: – Afinal, qual das duas você quer?

– Do que você está falando? – André retrucou, irritado.

– Da sua indecisão entre Alice e Cristina. Ronald anda doente de ciúmes, você já reparou?

– Desculpe-me, mas eu não devo satisfação de meus sentimentos.

– Está claro que você está apaixonado pela Alice. E a minha prima, como fica?

– Ora, Meredith, deixe-me em paz.

Assistimos àquela discussão, como já havíamos visto outras. Tive a impressão de que Meredith se aproveitava dos sentimentos do jovem médico para irritá-lo. O que conseguia com relativa facilidade.

André retirou-se, jogando as luvas no lixo com raiva. Quando entrava no vestiário, tropeçou em Ronald, que estava saindo. Ele tentou fazer uma pergunta, mas o médico o ignorou e saiu da sala bufando.

– Posso ajudá-lo em alguma coisa, doutor? – perguntei, tentando acompanhá-lo.

– Obrigado, Raquel, mas preciso ficar sozinho para arejar a cabeça. Está difícil aguentar a presença desses britânicos arrogantes – murmurou, despedindo-se com um aceno.

– Nervosinho ele, hein? – foi o comentário da Lica.

Voltando para casa, encontramos Alice na varanda. Sentei junto dela, enquanto a Lica corria para o ancoradouro. Fizera amizade com Murilo e João, os filhos dos caseiros, e os ajudava nas suas tarefas. Logo Ronald chegou. Era nítido que estava interessado na filha de Vergueiros.

– Olá! Descansando? – perguntou, sentando-se entre nós.

– Ando muito tensa com essa história da cirurgia – ela respondeu, encarando-o.

– Então, amanhã é o grande dia? A montagem dos equipamentos e da sala foi rápida, você não achou? Calculava que levaria pelo menos uns dez dias – ele disse, puxando conversa.

– A Cris ofereceu uma boa recompensa aos técnicos para apressar o trabalho. Não gosto disso! Não me parece ético – a moça declarou, ajeitando a canga ao redor da cintura.

– Não é bem assim – contestei. – Os profissionais contratados pelo doutor Vergueiros trabalharam muito para adequar o laboratório, montar a sala de cirurgia, além de transformar um dos gabinetes em enfermaria. Nada mais justo que a Cris lhes oferecesse uma bonificação. Afinal, ela será a maior beneficiada.

– É verdade, Raquel. Eles fizeram um trabalho excelente. Até comentei isso com o doutor Vergueiros, e ele afirmou que tudo foi revisado sem que se encontrasse nenhum problema – Ronald completou.

– Vocês têm razão. É implicância minha – Alice admitiu.

– Todos parecem confiantes, vocês não acham? – indaguei, para ver a reação dos dois.

– O quê? Você deve estar brincando! Esta vai ser uma longa noite. Os jalecos-brancos estão é bem agitados, isso sim! Parece que só você não notou – Ronald assegurou, sorrindo.

– Por que jalecos-brancos? Não entendi – Alice perguntou, ofendida.

Ele não conseguiu responder, pois Anabel se aproximou com a Cris e a conversa se dispersou.

Algum tempo depois, ao se retirar para o quarto, Cristina nos abraçou como se fosse uma despedida. Chocada, perguntei o porquê daquele gesto e ela disse:

– Se eu não acordar da cirurgia, lembre-se de que foi uma escolha minha.

Antes que eu pudesse retrucar, Anabel avisou que estava na hora de a Cris tomar um caldo e se recolher, pois teria de manter um jejum de doze horas antes da cirurgia. O doutor André providenciara um calmante para garantir que tivesse um repouso adequado.

Após o jantar, houve uma debandada geral em função da cirurgia. Todos queriam descansar o máximo possível, pois já se previa que a operação seria longa e cansativa.

Acordamos cedo e, após o desjejum, fomos para o laboratório. Alice e os médicos já estavam lá. Pela

porta de vidro, vimos o doutor Vergueiros, já preparado, entrar na sala de cirurgia, acompanhado por Bownei e André. Glenn estava encarregado da anestesia e monitoramento dos sinais vitais, enquanto Meredith faria o papel de preparador. Cristina estava numa maca, já sedada.

Ficamos aguardando na sala ao lado. As horas escorriam lentas e monótonas, pois a intervenção só foi concluída dez horas após o seu início.

Durante o tempo de espera, eu pegava um livro para ler, largando-o em seguida para roer as unhas ou então correr ao banheiro. E o mesmo acontecia com a Lica e a Alice. Ronald tentou nos acalmar, mas acabou desistindo.

O tio Léo, muito galante, rodeava Alice, solícito, sempre oferecendo água, café ou chá. Ronald parecia extremamente enciumado com toda aquela atenção.

Já passava das dezesseis horas quando, finalmente, a porta da sala de cirurgia foi aberta e André, Bownei e Vergueiros se dirigiram para os lavatórios. Haviam concluído o fechamento dos tecidos e a sutura. Pareciam animados como meninos após uma partida de futebol.

Finalmente, juntaram-se a nós. E, antes que alguém fizesse qualquer pergunta, o Bownei anunciou, com o rosto vermelho:

– A cirurgia foi um sucesso. Agora vamos aguardar pelo restabelecimento da nossa paciente.

Tendo explicado em linhas gerais como ocorrera o procedimento, o doutor Vergueiros anunciou:

– Vou dar um mergulho antes do jantar. Alguém me acompanha?

– Doutor, como ela está? Ainda sedada?

– Sim, Anabel. Ela está bem. Meredith e Glenn irão se revezar até que possa ir para o quarto – Bownei informou, colocando a mão sobre seus ombros.

– Mas o que vai acontecer agora? – ela tornou a perguntar.

– O que se espera é que haja uma evolução positiva, com a recuperação da medula, uma vez que as células implantadas deverão crescer, substituindo aquelas que haviam sido danificadas – André interveio.

– Vergueiros! – gritou Bownei, correndo atrás do dono da casa, que se afastava. – Precisamos selecionar um portador de câncer para aplicar o novo soro. Se o resultado for o mesmo que obtivemos com os animais, a cura dessa doença terá sido finalmente alcançada.

– Calma, Bownei. Vamos esperar a recuperação dessa moça antes de partir para outro projeto.

– Nada impede que os dois processos sejam realizados de forma simultânea – insistiu.

– Quinze dias. É esse o prazo de que precisamos no caso da Cristina. Não é muito tempo, é?

– Essa morosidade não seria necessária – o inglês rugiu, andando nos calcanhares do brasileiro, desfilando argumentos para ampliar o campo das pesquisas.

O jantar foi servido em meio a grande animação. Logo em seguida, todos se retiraram, pois o dia fora bastante cansativo. Além disso, havia um esquema de rodízio elaborado entre os médicos para que um deles sempre estivesse de plantão junto à paciente, quer fosse dia, quer fosse noite.

Confiantes, os que estavam de folga se entregaram ao sono reparador. Esse ritual se repetiu até a quarta noite, quando o meu celular tocou, de madrugada. Pensei logo no Marcelo. Provavelmente ele havia chegado, porém era a voz do inspetor Melbourne. Ele anunciou em tom solene:

– Estou no aeroporto do Galeão, no Rio de Janeiro, senhorita Raquel. Como faço para chegar à ilha?

– O senhor aqui? O que houve?

– Vocês estão correndo perigo. Existem inimigos infiltrados na ilha. E Cristina, como está?

– Espere. Vou chamar o tio Léo. Ele saberá o que deve ser feito.

– Senhorita, não comente a minha chegada com mais ninguém, por favor.

– Está bom, entendi. Preciso me informar se é possível sair para o mar agora, durante a noite. O senhor pode aguardar na área de alimentação. Pedirei a alguém de confiança que vá buscá-lo, assim que amanhecer. Não saia de lá.

– Tudo bem, minha jovem. Aguardarei no local combinado o tempo que for necessário. Mas não esqueça: o assunto é confidencial. Quanto menos pessoas souberem da minha presença, melhor.

O policial parecia muito agitado. Nervoso mesmo. E o mais intrigante, o que fazia um policial inglês no Brasil, se ele não tinha jurisdição no país? Seriam os médicos londrinos os suspeitos? Não! Isso era paranoia. Todos pareciam profundos conhecedores da Medicina e haviam trabalhado com o doutor Vergueiros e André em pé de igualdade, e ambos perceberiam se houvesse algum embusteiro entre eles.

Insegura, acordei a Lica e lhe contei tudo.

– Vamos chamar o tio Léo, ele saberá o que devemos fazer – a maninha afirmou, convicta.

– E se a gente falar com o Ronald ou com o doutor André? Acho que nenhum dos dois se esquivaria de ir até o Rio. Se existe mesmo algum espião no grupo, temos a obrigação de alertá-los, evitando que sejam pegos de surpresa.

– Esqueça! No momento, o tio Léo é o único em quem podemos confiar – Lica insistiu.

– Tudo bem, maninha. Que seja. Vamos chamar o titio.

Troquei o pijama por uma calça *jeans* e uma camiseta, calçando o tênis. Peguei uma jaqueta, o celular e a lanterna. Lica enfiou um abrigo e fomos para o corredor.

Com cautela, nos movimentamos em direção à escada. O quarto do nosso tio ficava no alojamento dos médicos, a uma centena de metros da casa principal. O corredor estava às escuras. Fomos guiadas apenas pelo tato. Junto à porta do *hall*, uma mão apertou-me a boca. Levei um susto terrível, mas, da penumbra, vinha uma voz conhecida.

– Sou eu, Raquel, a Alice.

– O que você está fazendo aqui, o que houve?

– Eu acabei de ouvir uma conversa muito estranha. Venham.

Sim, havia pessoas conversando no lado de fora da varanda. Alice nos guiou através da cozinha, abriu a porta da área de serviço e nos arrastou para fora. "Escondam-se entre as plantas", ela disse, e a seguimos, aproximando-nos das vozes.

Dois vultos fumavam na penumbra. Tentamos ouvir o que diziam, mas a conversa chegava até nós truncada. Não era uma conversa normal. Ninguém fica aos cochichos, sentado sobre uma mureta, numa madrugada ventosa e fria, tendo uma confortável varanda à disposição. Apalpando a grade, nos aproximamos o máximo possível dos vultos. Só reconheci a voz de Meredith, perguntando:

– Você já está com as fórmulas?

Não conseguimos ouvir a resposta, porque os dois vultos se afastaram em direção ao alojamento. Tentamos segui-los, mas Alice nos reteve.

– Calma, meninas. Não podemos ser vistas.

– Você conseguiu reconhecê-los? – Lica perguntou.

– Só Meredith. O outro falava muito baixo – respondi.

Alice também não havia reconhecido a segunda voz, mas, pelo que ouviu, Meredith estava disposto a dominar a ilha com a ajuda de pelo menos mais um comparsa.

– E agora, como vamos entrar no alojamento e falar com o tio Léo?

– Sinto muito, Raquel. Mas nesta noite isso está fora de cogitação. Precisamos esperar pelo amanhecer – Alice respondeu, já na cozinha.

– Mas eu preciso avisá-lo sobre Melbourne – respondi, sem pensar.

– Melbourne? Quem é esse? – ela perguntou, voltando-se rapidamente em minha direção.

– Posso confiar em você, Alice? É uma coisa muito séria.

– Por favor, Raquel, eu estou na minha casa e descobri que existe um complô em andamento. O que você quer que eu diga?

– Desculpe-me, é que estou amedrontada. Melbourne é o inspetor da Scotland Yard que está investigando o assassinato do tio William, o pai da Cris. Ele chegou há pouco no Galeão.

– Scotland Yard? Você está brincando comigo?

– Não! Ele ligou há menos de uma hora, afirmando que existem inimigos infiltrados na ilha – respondi, continuando: – Alguém precisa ir até o Rio para buscá-lo.

– Meu Deus! Em que confusão estamos metidas.

– Precisamos falar com o tio Léo – Lica repetiu. – Ele saberá o que fazer.

Depois de pensar um pouco, Alice sugeriu que deveríamos ir para o laboratório. O doutor André estava cuidando da Cris naquela noite.

– Você confia nele? – perguntei, receosa.

– Eu o conheço desde criança. Ele trabalha com o papai há muitos anos. Sempre foi dedicado e honesto. Confiaria minha vida em suas mãos.

– Acho que não temos outra escolha, não é mesmo?

O vento soprava a umidade salina com força, em rajadas frias. Encolhidas, seguimos pela estradinha. Arrependi-me por não ter colocado uma malha sob a jaqueta, mas agora era tarde. Felizmente, a Lica estava bem agasalhada.

Enfim, avistamos as janelas iluminadas do laboratório. Guiadas por nossa amiga, entramos sem fazer barulho, dirigindo-nos à ala transformada em enfermaria. O médico estava sentado numa poltrona, ao lado do leito de Cristina. Ela dormia, monitorada por um grande número de aparelhos.

– André – Alice murmurou, batendo levemente na porta de vidro.

– Alice? O que houve? – ele perguntou, vindo ao nosso encontro.

– Como está a sua paciente?

– Está reagindo bem. Até agora, nenhum contratempo. Mas o que você está fazendo aqui? Veio me fazer companhia? E as meninas? Elas não deveriam estar na cama numa hora como esta?

— Estamos com um problema. A coisa é grave.

André passou as mãos sobre os olhos. Parecia extremamente cansado. Notei alguns fios grisalhos em suas têmporas.

Alice relatou os últimos acontecimentos.

— Vou chamar o José Clemente e embarcar agora para o Rio com a Raquel. A Lica pode ficar aqui, com você? Avise o professor Leopoldo e o papai. Não quis acordá-los.

— Quero ir junto — Lica choramingou.

— Você estaria correndo riscos desnecessários. E depois, o André pode precisar de ajuda para cuidar da sua prima.

O médico sugeriu que deveríamos prevenir o doutor Vergueiros. Afinal, ele poderia chamar as autoridades, ou coisa assim. Mas Alice queria poupá-lo de maiores aborrecimentos.

— José Clemente vai conosco e ele conhece a tripulação. Não se preocupe. Voltaremos antes do almoço.

— Por favor, doutor André, não deixe Meredith a sós com a Cris — pedi, já na porta, beijando o rosto da minha irmãzinha.

— Não vamos permitir que aconteça nada com ela, não é, Lica? — o médico afirmou, colocando o braço sobre os ombros da maninha.

EM BUSCA DA VERDADE

Chegando à residência do caseiro, Alice bateu na porta com força. Jurema apareceu no umbral, ainda vestida como na véspera. Parecia assustada. Notava-se que havia chorado.

– Dona Alice, o que houve?

– O Zé está? Preciso dele com urgência.

– Não, não *tá*, dona Alice. O Zé foi pescar com os meninos.

– Como assim, pescar? O que está acontecendo?

– Eu já disse que ele não *tá*. Agora me deixa dormir, por favor – e, dizendo isso, deu um passo para trás e bateu a porta com força.

Ficamos sem ação, paradas em frente à casa por alguns minutos. Então, Alice voltou a bater na porta com o punho cerrado, mas a mulher não se dignou a abrir. Chocadas com a conduta da empregada, fomos até o ancoradouro. Havia a possibilidade de o casal ter brigado e o caseiro ter se recolhido ao iate. O *Tebaida I* balançava com suavidade sobre as águas, encostado ao trapiche de madeira. Alice chamou. Mas quem colocou a cabeça para fora da janela foi Norato, um marinheiro já idoso.

– Dona Alice, algum problema?

Ela explicou que precisávamos ir para o Rio de Janeiro com urgência, pedindo-lhe para chamar a tripulação, pois queria partir antes do amanhecer.

– Não tem como, dona. Os marinheiros *tão* de folga, no continente – foi a sua resposta.

– Como, de folga? Não entendi.

– Não ficou nenhum deles na ilha, é isso, dona. Só voltam na segunda-feira.

– Foram dispensados? É estranho! O papai não me falou nada.

– Foi o Zé, dona. Ontem à noite.

Alice ainda insistiu, mas ele retrucou:

– É impossível sair no iate sem o pessoal, e depois deu no rádio que uma tempestade, com ventos de mais de cem quilômetros, *tá* chegando.

– Você quer dizer que estamos presos na ilha? Que absurdo é esse?

– Eu não sei de nada não, dona Alice. Fale com o caseiro.

Irritada, Alice me arrastou de volta para a casa. Teria que acordar o pai. Só ele tinha autoridade suficiente para resolver a situação junto aos empregados. Nada mais fazia sentido, murmurou, acrescentando que a permanência de uma equipe completa de tripulantes na ilha era uma regra inviolável.

Chegando em casa, ela dirigiu-se ao quarto do pai, enquanto fui vestir um suéter.

Minutos depois, ela entrou em meu quarto, muito nervosa. Estava desnorteada. Havia encontrado o pai dormindo um sono extremamente pesado. Acendera a luz e o chamara por repetidas vezes, mas ele se mantivera inerte.

– Você acredita que, depois de tudo o que fiz, ele continuou a roncar, indiferente ao que acontecia ao seu redor? Logo ele, que sempre teve um sono muito leve.

– Você acha que fizeram alguma coisa com ele? – indaguei.

– Não existe outra explicação. Meu pai está lá, jogado na cama, como um bêbado.

– Precisamos agir. Eu chamo o tio Léo e você, o Ronald – ordenei, apressada.

– Você acha mesmo que podemos confiar nesse rapaz?

– O Ronald está conosco desde o início. Foi ele quem fez a tradução do manuscrito – respondi, saindo do quarto.

– Mas eu não tenho intimidade nenhuma com ele – ela replicou, segurando a maçaneta da porta.

–Tudo bem! Se você se sente melhor, vamos juntas até o quarto dele – concordei, tomando a dianteira. Após uma breve batida na porta, Ronald apareceu bocejando. Afastei-o, entrando no aposento, seguida por Alice. Ele acendeu a luz.

– Alice, Raquel? O que aconteceu?

– Precisamos de sua ajuda.

Apressada, Alice relatou tudo o que houvera, desde o jantar.

– Inimigos infiltrados? Foi isso o que o inspetor Melbourne falou, Raquel?

– Exatamente isso, Ronald.

– Isso quer dizer que temos traidores agindo entre nós. Será coisa do Cassin? O que faremos? – ele indagou, parado no meio do quarto, coçando a cabeça.

– Prometi buscar o inspetor no aeroporto, mas a tripulação foi dispensada. Estamos presos nesta ilhota, sem comunicação com o continente – respondi.

– Não se preocupe tanto. Se ele quiser, pode alugar uma lancha ou um helicóptero e vir para cá – Ronald argumentou, separando algumas roupas.

– Já tentamos ligar para ele, mas nossos celulares estão sem sinal. Uma tempestade de grandes proporções está chegando. Deve ser isso – rebati, voltando-me para Alice.

Mesmo naquelas circunstâncias, ela começou a gargalhar, olhando para o Ronald, que caminhava sonolento para o banheiro, com uma braçada de roupas. Só então notei que ele usava um pijama azul com estampas coloridas de ursinhos.

Embora fosse uma situação extremamente engraçada, o olhar que ele nos lançou não permitiu nenhum comentário. Pouco depois, voltava, já vestido.

Coloquei as mãos espalmadas no rosto, perguntando:

– O que faremos agora?

– Os empregados podem ajudar.

– Ora, Ronald. A Jurema nem quis conversar comigo. Bateu a porta na minha cara. Não dá para entender o que deu na mulher. E o Zé desapareceu. Não o encontro em lugar algum – Alice explicou.

Enquanto Alice e Ronald conversavam, tentei novo contato com o inspetor Melbourne, mas o telefone continuava sem sinal. Enquanto isso, os dois haviam decidido levar o doutor Vergueiros para o laboratório. Alice achava que o pai ficaria mais seguro junto com o André.

– Talvez você esteja certa, mas como vamos transportá-lo? – perguntei.

Ela ficou pensando por algum tempo, e então foi até o fim do corredor, voltando com a cadeira de rodas da Cristina.

Evitando ruídos, fomos ao quarto do médico. Somando forças, conseguimos transferi-lo da cama para a cadeira, prendendo-o com o cinto do roupão. Em minutos, ele já estava no jipe, estacionado no alpendre. Alice tomou a direção e seguimos pela estradinha, açoitados pelos ramos das árvores e arbustos movidos pela ventania. O céu era cortado por faíscas luminosas o tempo todo. A chuva estava próxima.

Estacionamos em frente ao laboratório. André veio ao nosso encontro, assustado.

– O que houve? Pensei que você estivesse no Rio. O que há com o doutor Everaldo? O que está acontecendo?

– Explicaremos depois. Ajude-nos a levá-lo para um local apropriado.

André indicou o quarto que ficava ao lado daquele ocupado por Cristina, ajudando a transportar o homem adormecido. Após acomodar o médico, relatamos os últimos acontecimentos.

Retornamos para a sala, onde Lica dormia, encolhida sobre o sofá.

André concluiu que alguém havia colocado sonífero no vinho de Vergueiros. Ele tinha o hábito de tomar uma taça ao jantar.

– Sedativos na bebida do papai, empregados dispensados sem nenhum critério. É, não restam dúvidas, temos um complô em andamento – Alice murmurou.

– Eles podiam pelo menos esperar a Cris se restabelecer para comprovar a eficácia da droga – o médico murmurou, tomando o pulso de seu mestre, perguntando em seguida: – Você acha que o doutor Bownei faz parte do complô, Ronald?

– Não, André. Não acredito. Ele era amigo pessoal de William Fetter havia muitos anos – o outro respondeu, categórico.

– Bom... Eu, nestas alturas, não confio em mais ninguém. E depois, ouvi Meredith dizer que precisava informar alguém. Esse alguém tanto pode ser o Cassin quanto o Bownei – comentei.

– É, com certeza tem mais gente envolvida nisso – André concluiu.

– Que horror! Já não se pode confiar nas pessoas – Alice declarou.

Assim como eu, Ronald fixou o olhar no medalhão de ágata que Alice usava. Era o medalhão que guardava o *pen drive*.

Deixamos os dois homens discutindo a situação e fomos até a cozinha, ao lado da escada. Enquanto Alice coava o café na garrafa térmica, arrumei as xícaras na bandeja. A madrugada se avizinhava, e o sono também. Assim que o café ficou pronto, ela pegou uma lata de biscoitos, que o pai mantinha abastecida, e voltamos para a sala.

O doutor Vergueiros continuava dormindo, e os seus roncos podiam ser ouvidos por todos os cantos. E eles eram realmente assombrosos.

– O que vocês acham que vai acontecer agora? – indaguei.

Ninguém tinha a menor ideia do que estava por vir. A casa da família ficara entregue aos hóspedes. E, dentre eles, havia inimigos infiltrados, como o inspetor Melbourne afirmara.

– Estou me sentindo um tolo por ter abandonado a cama, assim, em plena madrugada, enquanto os outros estão lá, dormindo no bem-bom – Ronald reclamou.

– O que você sugere? – Alice indagou, sentada no chão, com as costas apoiadas na parede.

– Eles ainda não sabem que descobrimos o complô. Resolvi pegar as fórmulas e o fichário que ficaram sobre a cômoda, no quarto – ele disse, levantando-se.

– Ronald tem razão, precisamos dificultar as coisas para os traidores. Se estiverem de posse das fórmulas, estarão levando vantagem sobre nós.

– Mas o livro do faraó está no cofre do meu pai.

– Bom... Aí já fica mais difícil, Alice. Eu não sei o segredo desse cofre – o arqueólogo retrucou, fechando o casaco.

– Espere, Ronald – André decidiu: – Eles sedaram o doutor Vergueiros para ter livre trânsito pelo quarto. Podem arrombar o cofre e ninguém estará lá para intimidá-los. Vou com você. Sei o segredo.

– Mas... E a Cristina? Eu não saberia como ajudá-la, se necessário – Alice indagou, preocupada.

André afirmou que ela ainda ficaria sedada por horas. Vergueiros, com certeza, já estaria desperto antes de o medicamento suspender seus efeitos. E, dizendo isso, vestiu uma jaqueta de couro e seguiu o Ronald.

Sem alternativa, após vê-los desaparecerem nas sombras, acomodamo-nos no chão, sobre o carpete.

A chuva chegou em seguida. O vento batia sobre o pavilhão com violência, embora ele estivesse cercado de árvores frondosas. Preocupei-me, pois alguma árvore poderia tombar sobre o prédio ou afetar o fornecimento de energia.

– O laboratório usa um gerador automático de energia movido a *diesel* – Alice respondeu.

Às sete horas da manhã, a noite ainda pairava sobre a ilha, numa escuridão pesada e opressiva. A borrasca impossibilitava qualquer visibilidade. André e Ronald já deveriam ter retornado. O que estaria acontecendo na mansão para retê-los?

Subi numa cadeira, para espiar por uma claraboia. Mas só consegui distinguir a sombra negra das árvores unidas lá no alto, entrelaçando os ramos, escondendo as nuvens escuras e os raios que corriam em todas as direções.

Lica acordou e foi logo perguntando como estavam as coisas. Respondi que não havia novidades. Ela se mostrou abatida. Estava com fome, confessou, por fim. Abracei-a constrangida, pois havíamos comido os biscoitos do doutor Vergueiros.

Alice saiu, voltando em seguida com duas barras de cereais.

– O papai se alimenta de três em três horas. Por isso sempre tem frutas, biscoitos ou barras de cereais nas gavetas.

Agradeci, comovida. Alice e o seu pai eram pessoas muito bondosas, não havia dúvidas. Como nada mais havia a ser feito, recostei-me no sofá ao lado da Lica e tirei um cochilo.

Ao acordar, verifiquei que Alice parecia adormecida na poltrona junto à cama da Cris. Ainda não havia sinal no celular. Em torno das dez horas da manhã, o doutor Vergueiros começou a gemer. Entramos no quarto. Ele sentara na cama, com a cabeça entre as mãos.

– Como o senhor está, papai? – Alice perguntou, ajeitando-se na cama ao seu lado.

A aparência do médico não era das melhores. Ele parecia nauseado, massageando as têmporas, visivelmente aturdido.

– Alice, onde estou? A minha cabeça parece que vai explodir. Nunca me senti tão mal!

– Bem... Acho que o senhor foi drogado.

– Drogado! Como assim? Dopado?

– Isso mesmo. O senhor dormiu pelo menos doze horas seguidas.

– Que loucura é essa? Quem faria uma coisa dessas, e por quê?

Enquanto Alice servia uma xícara de café, relatou os acontecimentos da noite. Ele ficou alarmado com aquela história. Depois de algum tempo, já mais calmo, levantou e foi ao banheiro. Após uma ducha, voltou vestindo o jaleco sobre o pijama. Minutos depois examinava a Cris.

Após anotar suas condições no prontuário, ele anunciou que suspenderia os soníferos. A fase mais complicada do transplante já havia passado, e a cicatrização estava perfeita.

– É, garotas, milagres existem. Os tecidos estão perfeitamente cicatrizados – disse, em meio a um sorriso.

– Pelo menos uma boa notícia! Estamos bastante encrencados, e qualquer problema seria difícil de ser contornado – respondi.

Ao meio-dia o vento abrandou. Alice resolveu retornar para a mansão. Estava aflita para saber como andavam as coisas por lá. A princípio, o pai foi contra; depois, no entanto, acabou cedendo.

– Já que você insiste, tome pelo menos alguns cuidados adicionais. Use a passagem subterrânea para sair do laboratório e suba para o seu quarto pela treliça, como você fazia em criança.

– Senhor, irei junto – Lica anunciou. Fiz amizade com os filhos da dona Jurema. Vou procurá-los e pedir ajuda.

– Não, Lica! Não posso permitir que você corra riscos. Nossos pais jamais me perdoariam – declarei, segurando-a pelo braço.

– Desta vez, a sua irmã tem razão, Raquel. O João e o Murilo podem ajudar, e muito – interferiu o doutor Vergueiros.

– Nesse caso, irei com a Alice. Precisamos fazer contato com o inspetor Melbourne no aeroporto – declarei.

Sem dificuldade, embrenhamo-nos por um túnel escondido sob a escada. O estreito corredor fracamente iluminado nos deixou no meio das árvores.

Havíamos dado apenas alguns passos quando nos deparamos com um vulto caído ao chão, próximo ao tronco de uma árvore. Pedi cautela, mas Lica, impetuosa como sempre, correu naquela direção, aos gritos:

– É o caseiro, o José Clemente!

– Zé, oh, Zé! O que aconteceu? – Alice perguntou, agachando-se ao lado do homem.

Ele gemia baixinho. Um filete de sangue escorria da sua testa, descendo pelo rosto, diluindo-se na água da chuva. Parecia totalmente alienado.

Retornamos para o laboratório. Ele mal tinha forças para nos acompanhar, mesmo amparando-se em nossos ombros. Assustamos o doutor Vergueiros com a nossa entrada intempestiva, acompanhada pelo homem totalmente ensopado.

– O que houve, meu bem? O que é isso?

– Não sei, papai. O Zé estava caído na estrada, assim, ferido e em estado de choque. Cuide dele, por favor.

O médico nos mandou sair enquanto tirava as roupas do ferido. Retornamos, minutos depois, quando ele fazia um curativo na testa do caseiro que, agora, usava uma bata hospitalar.

– Ele está em estado de choque. Parece ter sido submetido a tortura. Mas, pelo que pude ver, não tem nenhum ferimento de maior gravidade.

– Vamos deixá-lo agora, papai. Precisamos fazer o que havíamos combinado.

– Certo, garotas. Mas não se esqueçam: a cautela em primeiro lugar.

Retornamos para a passagem, e desta vez não encontramos obstáculos para chegar à mansão. Enquanto a Lica corria até a residência dos caseiros, Alice e eu escalamos a parede, subindo até a sacada, apoiando os pés na treliça que sustentava uma trepadeira. No quarto de Alice, trocamos as nossas roupas, pois estávamos ensopadas. Feito isso, dirigimo-nos aos aposentos do doutor Vergueiros. Alice encontrou a porta do *closet* aberta e os cabides afastados. O cofre estava vazio. Alguém havia chegado antes.

Nossa próxima missão seria encontrar André e Ronald. Como sombras, escorregamos pelo corredor até o quarto de Ronald. A porta estava apenas encostada, mas não havia sinal dele. Seguimos em frente, ocultando-nos, sempre que possível, atrás dos móveis, portas e cortinados. Tudo estava silencioso. Não havia sinal de vida em todo o piso superior. Descemos até o segundo patamar da escada. Havia um coro de vozes na sala de jantar. Os visitantes estavam em meio à refeição. Era difícil distinguir o que falavam, pelo burburinho de vozes misturadas ao tilintar de copos e talheres.

Aparentemente, todos estavam ali. Ficamos à espreita. Nesse instante, a voz de Ronald se destacou com clareza:

– André, passe-me o sal, por favor.

– Pois não. Agora, se os senhores me dão licença, vou ver como Alice está passando. Ela estava febril esta manhã, como lhes disse.

– Ofereço meus préstimos. Passarei mais tarde em seu quarto para vê-la – Meredith anunciou, no jeito afetado.

– Obrigado, o recado será entregue.

Retornamos para o quarto de Alice. Em seguida, André entrou, surpreendendo-se ao nos ver ali. Justificamos a nossa presença contando o que havia acontecido no laboratório. Ele disse que se infiltrara no grupo após encontrar o cofre vazio. Antes que eu dissesse alguma coisa, informou que meu tio não estava na sala de refeição e, muito menos, no dormitório.

– O que faremos agora, doutor André? – indaguei, olhando pela janela.

– Precisamos descobrir quem são os integrantes do complô – ele respondeu.

– Alguém perguntou pelo papai?

– Não. Antecipei-me informando que ele estava com Cristina, e para justificar a sua ausência, inventei essa história do resfriado.

– Bem pensado. Estou com medo dessa gente. Já nem sei em quem acreditar – Alice falou, sentando na cama.

Aguardamos por Ronald. Assim que ele chegou, perguntei de imediato pelo tio Léo, mas ele também não sabia de nada.

– Ele pode estar correndo algum perigo. Precisamos encontrá-lo – insisti.

Para complicar a situação, Ronald anunciou que haviam roubado os registros dos experimentos. Entrei em desespero, sem saber que atitude tomar, pois a tempestade continuava a castigar a ilha e, naquelas condições climáticas, dificilmente o inspetor Melbourne ou outra pessoa qualquer poderia chegar até nós. Estávamos isolados até o tempo melhorar.

André sugeriu que deveríamos voltar ao laboratório. Aquele era um dos poucos lugares seguros na ilha no momento. Retruquei que só faria isso depois de localizar o tio Léo. Ronald se prontificou a nos ajudar nessa tarefa.

O médico contou ter dispensado seus colegas dos plantões com Cristina, enquanto durasse a borrasca. Ele e o doutor Vergueiros se encarregariam do caso, uma vez que já estavam acostumados com as agruras do clima. Satisfeitos com o arranjo, os hóspedes haviam planejado um jogo de cartas para passar o tempo.

– Vou à cozinha, pegar o almoço do doutor Vergueiros, antes de voltar ao laboratório.

– Está certo, André. Mas tenha cuidado. A trilha está coberta de entulhos e as ondas já ultrapassam a mureta, inundando a estrada – Alice avisou.

– Por onde começamos? – perguntei, assim que ele se foi.

Ronald sugeriu que deveríamos examinar os quartos e procurar pistas sobre os documentos desaparecidos. Alice disse que iria examinar os dormitórios da direita, enquanto eu faria o mesmo com os da esquerda. Ronald nos daria cobertura, ficando junto à escada. O quarto da Anabel estava vazio. Sobre a cama, uma mala aberta, com as roupas em desalinho. Não havia vestígios dos documentos.

Afastando-me dali, fui até o quarto do doutor Bownei; sua porta, no entanto, estava fechada à chave. Por precaução, entrei no quarto da Cris e também naquele que Lica e eu estávamos dividindo. Todos estavam em ordem. Retornei para junto de Ronald e Alice, relatando o que tinha visto.

– Então, colocamos Bownei em nossa lista. Eu já desconfiava que ele fazia parte do complô – ela anunciou.

Já no quarto da Alice, pegamos duas capas plásticas, despedindo-nos de Ronald, que preferia ficar na mansão até encontrar as fórmulas. Após resvalar pela treliça, dirigimo-nos ao alojamento dos médicos, protegendo-nos por entre as plantas. O lugar estava deserto. O quarto do tio Léo estava arrumado e a mala, fechada, dentro do armário. Dava a impressão de que ele não havia usado o quarto naquela noite.

Saindo dali, fomos para a cozinha. Alice pretendia pegar algumas frutas e biscoitos, e eu queria encontrar minha irmã. A caseira nos recebeu com os olhos inchados e assustados.

– Jurema, sabemos que você está sendo pressionada. O Zé está bem, não se preocupe. O meu pai está tratando dele. Você sabe de alguma coisa que possa nos ajudar?

– Não sei de nada, dona Alice. Não insista, por favor.

– Precisamos fazer contato com o continente. O rádio do Zé está funcionando? Ande, Jurema, ajude-nos.

– Aqui, neste cesto, estão as coisas que a senhora pediu, dona Alice. Agora vá, por favor.

– A Lica foi até a sua casa procurar os seus filhos. Posso ir até lá? – perguntei.

– Por favor, moça, não vá! A menina está bem. Eu mesma vou levá-la até o laboratório mais tarde.

– O que está acontecendo, dona Jurema? – perguntei, amedrontada.

– Eu já disse que a sua irmã está bem. Vou buscá-la, logo que for possível. Agora, por favor, saiam. É melhor para todos.

Alice tentou convencê-la a colaborar, mas, vendo que a outra não estava disposta a isso, despediu-se, com uma última recomendação:

– Para todos os efeitos, estou no meu quarto, dormindo. Diga que estou febril e pedi para não ser importunada – Alice repetiu.

– Já entendi.

CONFRONTO

Afirmei que só voltaria ao laboratório após encontrar a Lica e o tio Léo, pois nunca me perdoaria se algo de ruim acontecesse com eles.

– Entendo o seu nervosismo, Raquel – Alice comentou. – Mas, neste momento, o melhor que podemos fazer é retornar para o laboratório. Voltaremos para procurá-los mais tarde. Prometo.

A tempestade aumentara. Alice afirmou que nunca tinha visto nada parecido. Para mim, aquilo era um tufão. Temi que a ilha pudesse vir a ser varrida por ondas gigantes, como ocorria no Oriente.

A distância entre a casa e o laboratório parecia maior agora, quando tínhamos de enfrentar uma pancada muito forte de chuva. Foi com esforço redobrado que chegamos até a entrada de emergência. Apesar das capas plásticas, estávamos ensopadas novamente.

O doutor Vergueiros veio ao nosso encontro, preocupado.

– Eu já estava aflito. Por que essa demora?

– O André não lhe contou o que está acontecendo?

– Sim, sim, contou. Estou cada vez mais assustado com essas novidades. Que tipo de convidados eu trouxe para dentro da nossa casa, minha filha? Que convidados!

– Ora, como o senhor poderia saber? Aquele Meredith nos enganou direitinho – Alice retrucou.

Ele nos mandou tomar um banho quente e trocar de roupas para evitar uma pneumonia, informando que André havia deixado vários abrigos esportivos no vestiário.

– E a Cris, como está? – perguntei, assim que ele parou de falar.

– Ela está reagindo bem. Deve acordar em breve.

O médico estava bastante otimista quanto aos resultados da cirurgia; Planejara fazer alguns testes na manhã seguinte, explicou. O caseiro estava repousando, após levar meia dúzia de pontos na cabeça. Fora submetido, também, a um exame de raios X, sem apresentar problemas mais sérios. Mesmo assim, seria mantido sob observação.

Aliviadas, fomos ao vestiário para procurar os tais abrigos. Após a ducha, me senti um pouco melhor. Naquele momento, nem eu, nem Alice pensamos em elegância. E não poderia ser diferente, pois os abrigos eram enormes.

O doutor Vergueiros nos esperava com uma xícara de chá. André havia adormecido.

– Vocês deveriam repousar um pouco. Pelo que soube, não dormiram a noite passada.

– É verdade. Isto parece um pesadelo, papai.

– Então, não discutam comigo. Deitem e esqueçam os problemas. Ninguém vai fugir. De um jeito ou de outro, a tempestade vai nos manter presos na ilha.

– Tentei usar o rádio do José Clemente para fazer contato com a Marinha, mas a Jurema não permitiu. Ela está muito estranha...

– É possível que esteja sendo ameaçada. Essa gente não está para brincadeiras.

– Papai, tenha cuidado e não deixe ninguém entrar no prédio, por favor.

– E a Lica e o meu tio? Preciso encontrá-los – insisti, começando a soluçar.

– Relaxe, menina. Assim que a chuva der uma trégua, vamos encontrá-los. Seria arriscado sair neste momento – o médico recomendou.

A noite chegou e se foi sem novidade. Quando acordei, Alice já havia preparado o café. As frutas e biscoitos estavam sobre a mesa. O seu pai dormia no sofá, mas levantou sobressaltado quando entramos.

– Café, papai?

– Isso é tudo o que preciso neste momento.

Enquanto ele comia, fomos ao quarto de Cristina e a encontramos conversando com André.

– Cris, que bom vê-la acordada! – gritei, sem me conter.

– Eu mexi os dedos dos pés, Raquel. É verdade! Pergunte ao doutor André.

– Mesmo? Que bom! – respondi.

Cristina já estava em condições de tomar alguns goles de suco, através de um canudinho. Ajudei-a, mas ela não parava de falar. André havia lhe dito que ainda haveria um longo caminho a percorrer, com muitas sessões de fisioterapia, até a cura se concretizar. Apesar disso, nunca a vi tão esperançosa.

Saindo dali, testei o celular. Ainda estava sem sinal. Alice e André estavam na cozinha e ele comentou entre risadas:

– Vocês duas estão muito elegantes com os meus abrigos.

– Debochado! – Alice resmungou. – Nossas roupas já devem estar secas. Vamos nos trocar e regressar para casa, Raquel.

– Você acha isso prudente? – André perguntou.

– Preciso encontrar a minha irmã e o meu tio – falei, antes que Alice pudesse responder.

Sentia-me culpada por ter deixado minha irmã com os meninos. E o sumiço do tio Léo era outro problema a ser resolvido.

Pouco depois, atravessamos novamente o túnel. A chuva diminuíra de intensidade, mas as rajadas de vento ainda varriam a ilha com força. A visão era desoladora: árvores e arbustos jaziam no chão, com os galhos quebrados e retorcidos. Não havia como andar por entre as plantas. Fomos obrigadas a seguir pela estrada. Ali também havia algumas árvores caídas sobre a pista, impedindo o uso dos jipes.

A varanda da mansão estava deserta. Subimos novamente pela treliça para entrar no quarto de Alice. Ali, fomos surpreendidas com os contornos de um corpo sob o lençol. Havia alguém na cama. Com uma expressão de medo estampada no rosto, Alice perguntou:

– Ronald... É você, Ronald?

Ninguém respondeu, então nos aproximamos. Puxei o lençol e sorri, divertida. Aquilo nada mais era do que um edredom e alguns travesseiros, ajeitados estrategicamente. Fora Ronald, com certeza, o autor daquela farsa.

Deixei a Alice e dirigi-me até o dormitório que Lica e eu ocupávamos, na esperança de encontrá-la. Entretanto, ela não estava lá. Bati na porta de Ronald e esperei alguns segundos. Como não houve resposta, entrei. O quarto estava vazio e a cama, desfeita.

Retornei pelo corredor, abrindo portas. Todos os dormitórios estavam desocupados, inclusive aquele utilizado pelo doutor Bownei. Chamei Alice e fomos em direção à escada. Era provável que estivessem na sala de estar. Passavam quinze minutos das onze horas. Cedo demais para o almoço e bastante tarde para o desjejum. Mas não havia ninguém por ali.

Só nos restava ir até a cozinha, falar com a caseira. Enquanto discutíamos o que fazer, ouvimos um gemido. Voltei-me, sobressaltada. No chão, entre os sofás, dois corpos contorciam-se. De imediato, reconheci Jurema e Glenn.

Estavam amordaçados e tinham os pés e as mãos amarrados por cordas. Com alguma dificuldade, conseguimos libertá-los. Eles falavam ao mesmo tempo, agitados. Enquanto o homem atropelava o inglês, Jurema retomara o português.

– Eu não estou entendendo nada, gente. Calma! O que está acontecendo? – Alice pediu, ajudando a mulher, que começou a gritar.

– Dona Alice, eles vão fugir no iate.

– A tripulação não está na ilha. Eles não poderão movimentar o iate – ela retrucou.

Jurema chorava desesperada, repetindo:

– Os meus meninos... Eles levaram os meus filhos.

– Como assim? Os seus filhos não estão na sua casa com a Lica? – perguntei.

– Acho que ela ainda *tá* lá. Levaram os meus meninos.

– Os rapazes foram coagidos. Querem obrigá-los a manobrar o barco até o continente – Glenn disse, por fim.

– Mais essa agora! Eles não terão chances. O mar ainda está muito agitado. O vento... E Ronald, vocês sabem o que foi feito dele?

– Os meninos tentaram avisar, dona Alice, mas eles não deram crédito. Oh, Senhor... Oh, Senhor... – a mãe repetia, aflita.

Glenn disse que não tinha ideia de quem estava do lado de quem, pois recebera uma coronhada na cabeça ao descer para a refeição naquela manhã. Quando acordou, a caseira já estava ao seu lado.

Nada mais me importava no momento, a não ser descobrir o paradeiro da Lica e do tio Léo. Precisava encontrá-los. E, então, corri em direção à moradia dos caseiros, na ponta norte da ilha. Era uma casa baixa, com um avarandado onde algumas redes balançavam ao sabor do vento.

– Lica! – gritei, empurrando a porta.

Ninguém respondeu. Revistei a casa rapidamente, mas não havia ali nenhum vestígio da minha irmã. Desesperada, retornei até a mansão.

– A Lica não está na casa da Jurema. Não tem ninguém lá, Alice – avisei, assim que a vi.

– Pare de chorar, Raquel. Vamos até o ancoradouro. Venha.

Alice corria à frente, Glenn e eu atrás e, por último, vinha Jurema aos tropeços, resfolegando a idade e o peso. Atravessamos o bosque, mas já era tarde. O ancoradouro estava vazio. O iate cavalgava as ondas a uns quinhentos metros da praia.

– Angélica! – gritei, descontrolada. – Oh, meu Deus! Lica...

– A lancha. Vamos pegar a lancha! Ela é veloz. Será fácil alcançá-los – Alice ordenou, dirigindo-se à casa de barcos.

– Quem vai pilotar? Eu nunca naveguei – Glenn respondeu, amedrontado.

– Eu também não – afirmei.

– Eu navego desde a infância – ela respondeu, soltando os cabos e liberando a embarcação.

Antes de ligar o motor, ela vestiu um colete salva-vidas e ordenou:

– Glenn, se quiser navegar, coloque o colete. E você, Jurema, explique para a Raquel onde está o rádio. Precisamos nos comunicar com a Marinha. Raquel, conte tudo e peça urgência. Se necessário, faça um escarcéu, grite, chore, mas traga-os para cá o mais breve possível.

E, dizendo isso, acionou o motor da lancha, que saiu planando sobre as ondas. Não seria fácil controlar a embarcação contra as vagas, pensei. Mas Alice seguiu a direção da corrente, esperando o momento certo para tentar vencê-las. A lancha subia e descia como um cavalo selvagem.

– Onde está o rádio, Jurema? – perguntei, por fim.

– Na estante amarela, no canto da sala – ela respondeu.

Voltei à sua casa, dirigindo-me ao lugar mencionado. O equipamento estava sob uma toalha de mesa. Eu nunca tinha usado nada parecido com aquilo, mas o papai tinha vários rádios e eu já o tinha visto utilizá-los.

Precisei fazer um esforço para me controlar. Felizmente, em menos de cinco minutos, uma voz respondia ao meu apelo.

– Emergência em Tebaida. Precisamos de socorro urgente. Fomos atacados por bandidos. Eles levaram várias pessoas como reféns. Estão tentando fugir no iate *Tebaida I*. Há perigo de naufrágio.

A voz do outro lado pediu calma, afirmando que embarcações da Guarda Costeira já estavam na região atendendo emergências causadas pelo temporal. Desliguei o rádio e peguei um binóculo sobre a estante, retornando para o ancoradouro.

Focalizei o iate. Ele parecia adernar, tocado pelo vento e pela violência das ondas. As velas estavam soltas. Pensei em João e Murilo, ainda tão jovens e inexperientes para aquela penosa tarefa. Alice aproximava-se com a lancha. Por algum tempo, as duas embarcações ficaram lado a lado, mas uma vaga enorme jogou-as uma contra a outra. A lancha cortou a frente do iate e o choque foi inevitável.

A colisão deve ter quebrado o mastro principal, pois a embarcação começou a rodar, sucumbindo à força do vento. Pelo jeito, o casco foi rompido e a água tomou conta de suas entranhas, impossibilitando o retorno à posição original.

Um horror enorme cresceu dentro de mim, pois a minha irmãzinha não teria chance alguma contra a violência do mar.

Por fim, consegui visualizar alguns vultos entre as ondas revoltas. Ajustei o binóculo e vi pessoas com coletes infláveis, submergindo e voltando à tona, sob a agitação

das grandes vagas que se sucediam, sem intervalo. Comecei a rezar, pedindo um milagre. Então, quando tudo parecia perdido, dois helicópteros vindos do continente se aproximaram, com um mergulhador no estribo de cada aeronave.

Uma rajada violenta de vento os afastou, momentaneamente. Minha aflição cresceu. Então, os homens saltaram das aeronaves em direção às águas. Em seguida, um cesto subia com uma pessoa. Alguns minutos após, o outro também era içado. Mas, dadas as circunstâncias, o trabalho era lento e perigoso, pois havia apenas dois mergulhadores e os náufragos eram muitos.

De onde eu estava, só podia ver o movimento dos sobreviventes quando as ondas se elevavam. A situação se agravava em função das correntes marítimas que carregavam os náufragos para várias direções, afastando-os uns dos outros. Enfim, visualizei uma embarcação da Divisão de Busca e Salvamento.

CONTANDO AS PERDAS

André me encontrou descontrolada, entre gritos e lágrimas. Soluçando, expliquei o que acontecia. Estávamos nesse impasse quando um dos helicópteros começou a sobrevoar a ilha, procurando um lugar para um pouso emergencial. Corri atrás do André em direção ao gramado. Esperava encontrar minha irmã.

Apenas dois homens desembarcaram da aeronave, que tornou a se elevar. Reconheci Murilo e Glenn. Fomos ao encontro deles.

– Onde está a Alice, Glenn? – André perguntou.

– Alice deve estar no outro helicóptero ou no barco da Marinha. A lancha bateu no iate e nos jogou na água. Foi uma grande confusão. – Voltando-se para o Murilo, Glenn indagou: – Você a viu?

Ele negou, começando a chorar, ainda sentado no chão, em meio à chuva que recomeçara.

– E a Lica, Murilo? Não a encontro em lugar algum.

– Eles a pegaram ontem, quando ela chegou lá em casa. Não sei o que fizeram com ela. No iate ela não estava.

– Ela não estava no iate?

– Não. Estavam lá Ronald, Meredith e aquele barrigudo, o tal Bownei. Eles obrigaram a gente a levá-los. Perdi o João de vista. Eu devia cuidar dele.

– Escute, Murilo. O meu tio Léo estava no iate?

– Não, moça. Nem a sua irmã, nem o seu tio.

André segurou o meu braço, enquanto olhava para o céu. Outro helicóptero chegava, pousando a pouca distância. Mais duas pessoas desembarcavam. Murilo correu em direção ao irmão, que descia amparado por um militar. Atrás dele surgiu Meredith, cambaleante.

– Safado! Sem-vergonha! – André o ameaçou, com o punho cerrado.

– Acalme-se, André. Ele não vai mais fugir. Agora está em nossas mãos – Glenn afirmou.

André se dirigiu aos tripulantes da aeronave, perguntando onde estavam os outros náufragos, ao que o soldado respondeu que ainda havia gente na água, aguardando o socorro.

Assim que o soldado embarcou, o helicóptero tornou a se elevar.

Mesmo preocupado com o destino de Alice, André nos conduziu até a varanda da casa dos Vergueiros, a fim de prestar os primeiros socorros ao João. Ele se queixava de fortes dores no ombro e Meredith vomitava.

André rasgou uma toalha de mesa, para imobilizar o ombro do garoto, pois era provável que houvesse uma fratura na clavícula. Glenn atendia Meredith.

O inglês estava apenas nauseado em função da água ingerida. Para evitar qualquer surpresa, após medicá-lo, Glenn o amarrou com a mesma corda com que fora amarrado. Durante esse tempo, ele não disse uma única palavra, limitando-se a ficar de cabeça baixa.

Voltamos para o gramado ao ouvir o som do helicóptero. Desta vez, apenas um homem desceu, cambaleante. Reconheci Norato, o marinheiro, aproximando-se entre tremores e lábios arroxeados. Glenn o levou para o interior da casa. André conversou com os soldados, explicando a situação e mencionando o nome dos seis desaparecidos.

Recolhi-me a um canto e comecei a chorar. Murilo me consolava, quando meu celular deu o sinal de chamada. Trêmula, atendi. Os meus joelhos quase se dobraram quando ouvi a voz do Marcelo.

– Olá, Raquel. Tudo bem aí? Recebi uma mensagem truncada da Lica no meu celular. Ela escreveu: "Presa porão Tebaida. Procurar ruivo inglês na área de alimentação do Galeão". O que é isso? Uma brincadeira? Você pode me explicar o que está havendo?

– Meu Deus! No porão, você disse?

– Sim. No porão.

– Marcelo, há um policial inglês aguardando na área de alimentação do aeroporto. Fiquei de providenciar um barco para trazê-lo até a ilha. O nome dele é Melbourne. Falo com você depois. Agora preciso ver onde fica esse bendito porão.

Murilo lembrou-se da adega. Esse era o único porão que havia na ilha. Fomos até a cozinha. Lá chegando, ele abriu um alçapão e acendeu a luz. Sob a escada, ao lado das garrafas de vinho, três pares de olhos se voltaram em nossa direção.

Desci os degraus aos pulos. Finalmente os tinha ao meu alcance. Ali estavam o tio Léo, Anabel e a minha querida irmãzinha. Todos amordaçados e amarrados.

Tão logo se viram livres das mordaças, começaram a contar o que tinha acontecido.

– Foi o Ronald quem me amarrou – Lica acusou, assim que conseguiu falar.

– O Ronald? Meu Deus, e a gente confiava nele. Como pôde fazer uma coisa dessas?

– Meredith descobriu este lugar quando Jurema escolhia as bebidas para o jantar – foi a vez de Anabel relatar a sua versão. – Ontem, ele me pediu para apanhar duas garrafas de vinho bordô. Quando dei por conta, ele estava em cima de mim com o pano de pratos e uma corda.

– Entrei aqui ao ouvir um grito da senhora Anabel pedindo socorro. E aí, ele me rendeu. Depois trouxeram a Lica. O resto você já sabe – o meu tio explicou.

– Maninha, como foi que você conseguiu mandar a mensagem para o Marcelo?

– O celular estava no bolso interno do meu abrigo. Felizmente o Ronald não me revistou. Aquele idiota amarrou minhas mãos para frente e não para trás, como o Meredith fez com Anabel e o titio. E aí, o resto foi fácil.

– Essa menina é realmente um gênio. Vocês não imaginam a ginástica que ela fez para pegar o telefone e digitar a mensagem – Anabel elogiou, beijando a Lica na testa.

– Meus pulsos doeram um pouco com o esforço para retirar o aparelho do bolso. Depois foi fácil: coloquei o telefone no chão e fui apertando as teclas. Nada de mais. Felizmente, tinha carga na bateria e o sinal havia retornado.

– Você é a menina mais querida do mundo! – elogiei.

Manchas arroxeadas circundavam seus braços. Naquele momento, senti muita raiva do Ronald. Como ele fora capaz de fazer isso com uma criança indefesa? Era um tipo muito nojento!

Murilo já havia levado Anabel para cima com a ajuda do tio Léo. Finalmente, Lica e eu deixamos a adega para trás.

Chegando à varanda, André veio ao nosso encontro. Aí, foi aquela confusão, pois todos queriam contar o que tinha acontecido. Fiquei apenas observando a cena. Com o tio Léo e a maninha a salvo, sentia-me em paz. E isso era o mais importante para mim, no momento.

Depois de ouvir a história toda, André ficou revoltado. Estava inconformado por descobrir que Ronald havia nos enganado o tempo todo.

– Aquele caça-ossos estava com a transcrição. Que motivos teria para se arriscar vindo até aqui? – questionou, esfregando os punhos, como quem se prepara para uma briga.

– Bom... Isso eu também gostaria de saber – resmunguei, sentindo-me traída –, pois fui eu quem levou o livro até ele.

– A culpa não é sua, meu bem. Ele era o homem de confiança de Fetter – tio Léo consolou-me entre abraços.

Depois de um banho, Anabel foi para a cozinha para preparar o jantar e fomos ajudá-la. André retornou para o laboratório, a fim de informar o doutor Vergueiros do sumiço da Alice e do naufrágio do *Tebaida I*. Sinceramente, eu não queria estar presente nesse momento. Com certeza, o dono da casa ficaria arrasado com o desaparecimento da filha.

A Marinha continuava as buscas, horas após o término da chuva e a melhora da visibilidade. No entanto, três pessoas continuavam desaparecidas: Alice, Ronald e o doutor Bownei.

Após o jantar, o tio Léo nos acompanhou até o laboratório. Queríamos saber notícias da Cris e também levar nosso apoio ao doutor Vergueiros. Ele devia estar bem abalado com a tragédia. Ironicamente, foi ele quem nos consolou.

– Tenham confiança. Não desanimem. Eu sinto que ela está bem.

Após o naufrágio do *Tebaida I*, a Marinha passou a recolher os feridos que encontrava nas redondezas, trazendo-os para a ilha, a fim de serem tratados. Muitos pescadores haviam sido encontrados à deriva com algum ferimento ou apenas desidratados. A boa vontade do doutor Vergueiros era conhecida pelos habitantes dos arredores e também pelas autoridades.

Havia uns quatro homens na enfermaria improvisada na sala do laboratório.

Fomos ao quarto de Cristina, mas ela ressonava tranquila e decidimos não perturbá-la. Retornamos para a casa, que estava num verdadeiro reboliço, com helicópteros pousados no jardim e barcos chegando e saindo o tempo todo.

Tio Léo nos mandou dormir e ficou por ali, dispondo-se a colaborar no que fosse necessário.

Pela manhã, em torno das dez horas, um barco atracou no píer trazendo mais um pescador, cujo barco havia virado durante a tempestade. Na área onde ele foi encontrado, havia restos de outra embarcação. As buscas se concentraram nessa área, em função das fortes correntes marítimas e da direção dos ventos. A tempestade finalmente se fora. Os barcos da Divisão de Busca e Salvamento circulavam entre as ilhas, para dar apoio aos pescadores surpreendidos pela borrasca.

O piloto de um dos helicópteros contou ter ouvido pelo rádio que uma corveta da Polícia Federal estava chegando à ilha. Fomos para o ancoradouro. Havia muitas pessoas no tombadilho da embarcação. Avistei o inspetor Melbourne, da Scotland Yard, e o Marcelo. Havia ainda outro homem, mais tarde apresentado como delegado da Interpol.

Reencontrar o Marcelo deixou-me tão feliz, que ignorei tudo o que acontecia ao redor. Bom, na verdade, ele também estava bastante animado. Quando finalmente tivemos oportunidade de conversar, ele revelou ter localizado o inspetor no aeroporto, logo após o nosso telefonema. Tendo se apresentado, repassou as informações sobre Tebaida. Depois disso, dirigiram-se ao departamento da Polícia Federal, onde relataram os fatos, pedindo providências. Não sei se tudo foi tão simples assim, mas, com certeza, as credenciais do inspetor foram decisivas para a ação da Polícia. Aí, foi só o tempo de tomar uma embarcação e chegar à ilha.

Melbourne já ouvira falar sobre o naufrágio e desaparecimento de Ronald, Alice e Bownei. Ao ser informado da cirurgia de Cristina, sorriu pela primeira vez desde que o conheci.

Fomos juntos ao laboratório, para uma rápida visita à paciente.

– George, você aqui? Que surpresa agradável! Já lhe contaram que mexi os dedos dos pés?

– Sim, Cristina. O doutor André teve a gentileza de explicar todos os procedimentos enquanto vínhamos para cá. Fico muito feliz pelo sucesso da cirurgia.

– Infelizmente, meu pai não está aqui, agora, para comemorar comigo.

– Esteja onde estiver, ele deve estar satisfeito. Não é mesmo? – Melbourne murmurou, dobrando-se sobre o leito, cheio de cuidados.

– É, você tem razão. Ele se empenhou muito para que eu voltasse a caminhar.

Mesmo ansiosa para ficar sozinha com o Marcelo, foi agradável ver como a Cris estava feliz na companhia do inspetor. Contrapondo-se à nossa felicidade, André se mostrava abatido e desalentado. Contudo, Vergueiros não perdia a esperança, insistindo sempre que Alice nadava bem e conhecia a região.

Deixando o laboratório aos cuidados de Glenn e Jurema, reunimo-nos na mansão com os policiais federais que acompanhavam o inspetor Melbourne e o delegado da Interpol.

Eles queriam tomar alguns depoimentos e esclarecer fatos ainda obscuros. Melbourne informou que a Scotland Yard havia feito importantes descobertas a respeito do assassinato de William Fetter. A primeira delas era que Meredith estava no voo em que tio William havia sido morto. Na ocasião, ele usava barba e cabelos compridos.

E mais, antes de se apresentar como parente na casa de Fetter, ele foi a Paris, cortou o cabelo, fez a barba e providenciou um novo passaporte. Esse documento tinha apenas o registro da entrada em Londres. Essa pista levou a polícia a investigá-lo com maior profundidade, descobrindo toda a trama.

Bownei e Meredith eram os responsáveis pela contratação tanto dos invasores de Cover Hill quanto dos homens que atacaram Ronald no museu. Preso, um deles confessou ter recebido cinco mil euros para resgatar o livro do faraó Akhenaton.

– Agora estou lembrando – murmurei, incrédula. – Havia um homem de barba e óculos escuros no elevador do hotel, no Cairo. Ele subiu e desceu comigo, sempre de cabeça baixa.

Melbourne disse que uma mudança de visual poderia enganar qualquer pessoa, inclusive policiais.

– Espere, esse moço não era parente da falecida esposa de William? – tio Léo perguntou.

– Mentira! Ele era, na realidade, amante da ex-secretária de Fetter, uma moça chamada Mauren.

Melbourne revelou a existência de um acordo de mútua colaboração entre o casal e Bownei. Eles precisavam de dinheiro e Bownei queria se apossar do tal livro.

– Mas Bownei e William eram amigos de longa data. William confiava no dono do Biovitta e era provável que viesse oferecer uma parceria para testar as fórmulas – tio Léo voltou a argumentar.

– Descobrimos que Fetter só pensava na cura da filha e o outro queria lucros. Segundo Anabel, os dois já haviam discutido dias antes, embora ela não soubesse o motivo. Parece que o arqueólogo pretendia oferecer as informações do livro gratuitamente e Bownei não se conformava com isso – explicou Melbourne, com paciência.

O inspetor contou, ainda, que Mauren, a amante de Meredith, trabalhava com o Ronald desde a sua saída da casa de Fetter, por recomendação de Bownei.

Lembrei-me, então, da jovem sorridente que havia me recebido no museu, após a morte de tio William. Ela fora muito simpática. Isso era inacreditável.

– Mas por que Ronald se aliou a Meredith, se ele traduziu o livro e tinha tudo à sua disposição? – perguntei, ainda perplexa com aquela revelação.

– Dinheiro, minha jovem. Dinheiro! O livro traduzido valeria um X, mas as fórmulas testadas cientificamente poderiam ser vendidas por um preço muito superior.

– O Ronald deu um medalhão com um cartão de memória para Alice e a incentivou a salvar os arquivos. Ele parecia apaixonado pela moça. Vimos quando ela transferiu as informações – tio Léo declarou.

– Então, por que o computador utilizado por Alice foi destruído? – André interrompeu, chateado.

– Ao que parece, eles não pretendiam deixar nenhum vestígio para não depreciar a venda das fórmulas. Uma demanda judicial poderia prejudicar o reconhecimento de patente e tudo o mais – o inspetor Melbourne justificou.

O acordo entre Ronald e Meredith fora fechado na ilha, quando o arqueólogo tomou conhecimento do complô. Até então, Ronald estava acompanhando o desenvolvimento das pesquisas, aguardando o momento certo para dar o bote. Meredith declarou que foi Ronald quem o procurou, propondo dividir os lucros da venda das fórmulas. Em troca, lhe passaria todos os registros, inclusive os fotográficos.

Preparou tudo para não ser considerado cúmplice, mas vítima. A história do *pen drive* era uma garantia adicional para ter as informações, caso Meredith ou Bownei tentassem traí-lo.

O inspetor explicou, ainda, que o delegado da Interpol viera até o Brasil em função do livro do faraó. Aquela antiguidade não poderia ter saído do Egito sem autorização legal. O embaixador daquele país apresentara queixa formal sobre esse ato ilícito, como era esperado. Quem estivesse de posse do livro seria indiciado como coautor do crime, uma vez que William Fetter estava morto.

– Infelizmente, o livro não existe mais. Todo o conhecimento que poderia beneficiar a humanidade está agora sob as águas. Perdido para sempre – André comentou, cabisbaixo.

– A dúvida agora é saber se Bownei e Ronald realmente se afogaram. Os corpos não foram encontrados e, dessa forma, não se pode afirmar que estejam mortos – disse o policial inglês.

– Mas, inspetor, ninguém sobreviveria no mar, naquelas condições. Muito menos Bownei, com todo aquele peso.

– A polícia é sempre cautelosa nesses casos. É pouco provável que tenham sobrevivido, mas, enquanto os corpos não forem encontrados, o assunto não será concluído. Bem, agora, precisamos de um depoimento oficial, pode ser, doutor André?

– Claro, inspetor. Estou à disposição.

Horas depois, tendo concluído os depoimentos, o delegado da Interpol despediu-se, agradecendo a hospitalidade e o apoio do inspetor Melbourne. Os agentes da Polícia Federal conduziam Meredith até o ancoradouro. Ele não demonstrou qualquer resistência.

Melbourne ficaria em Tebaida como preposto da Interpol, enquanto durassem as buscas a Bownei e Ronald. Isso não era usual, mas ele mesmo se propôs a permanecer, dizendo ter interesses particulares para acompanhar o caso. Dessa forma, seus superiores foram notificados, para formalizar sua cedência temporária.

A ILHA GRANDE

Enquanto isso, os técnicos da Marinha estudavam o mapa das correntes marítimas e tudo indicava que, após passar por Tebaida, elas haviam se deslocado para a região da Ilha Grande. Através do rádio, os pescadores dos diversos núcleos residenciais do lugar foram avisados do acidente com o iate e do desaparecimento da lancha.

A pedido de Vergueiros, a Marinha enfatizava a gratificação oferecida por qualquer informação sobre Alice, bem como sobre o paradeiro de Bownei ou Ronald. Algumas informações desencontradas haviam sido recebidas, e a Divisão de Busca e Salvamento estava averiguando cada uma delas.

Em Tebaida, embarcações chegavam e partiam o tempo inteiro. Algumas trazendo pessoas feridas ou encontradas à deriva em função da tempestade, e outras buscando informações sobre os desaparecidos e a polpuda gratificação oferecida.

Ao tomar conhecimento de um boato em especial, vindo através do rádio, André pediu para participar das buscas, dizendo que não suportaria continuar sua rotina enquanto Alice não fosse encontrada.

O doutor Vergueiros o apoiou imediatamente.

– Ai... Como o André gosta da Alice! Eu acho isso lindo! – Lica disse, entre suspiros.

Marcelo a imitou, e logo os dois estavam discutindo, como sempre. Mas, desta vez, eu simplesmente os mandei calar a boca. Tem horas em que a gente precisa ter uma atitude mais firme, mesmo não sendo educado.

Eu não havia terminado de repreendê-la quando a Lica nos surpreendeu com um pedido:

– Capitão, gostaria de acompanhá-los. Também sou amiga da Alice e prometo não interferir nos seus procedimentos.

O militar titubeou, como se fosse negar, mas, finalmente, respondeu:

– Se a sua irmã vier conosco para tomar conta de você, tudo bem.

– Mas, senhor, se a Raquel for, eu também quero ir – Marcelo contra-atacou.

– Muito bem, como é uma missão rápida, sem grandes deslocamentos, vocês podem vir, mas quero avisá-los de que as regras no barco não admitem exceções, entenderam? Vocês ficarão num local determinado e não poderão mexer em nada. Está certo?

– Sim, senhor – respondemos em coro.

Na verdade, fiquei surpresa com a licença para fazer parte da busca, porque, convenhamos, isso não era uma praxe da corporação. Mas, já que tínhamos sido aceitos, o negócio era aproveitar o momento. Em minutos, estávamos prontos para embarcar, lambuzados de protetor solar, com bonés e óculos escuros.

No convés, após algumas orientações sobre segurança, o comandante nos mandou sentar e apreciar a paisagem. André se posicionou na proa, com o binóculo em frente aos olhos, e ali permaneceu o tempo todo, esquadrinhando o mar.

A embarcação andou em zigue-zague entre as ilhas, fazendo contatos com os pescadores, e, ali pelas três horas da tarde, ancorou na Vila do Abraão, o maior povoado da Ilha Grande.

A pequena enseada era cercada por montanhas cobertas por densa vegetação. Dezenas de barcos, lanchas e iates balançavam sobre as águas azuladas a poucos metros da praia. O casario se agrupava ao redor de uma antiga igrejinha caiada de branco.

– Que praia linda! – Lica exclamou.

– Bom... Toda a região é assim: águas mornas e limpas, areias claras e vegetação exuberante. Vocês repararam nas outras ilhas? Uma mais formosa do que a outra. É por isso que gosto do meu trabalho. Além de manter a ordem e ajudar as pessoas, ainda posso admirar esse paraíso – o capitão explicou de cabeça erguida, com indisfarçável orgulho.

Os soldados desceram dois botes para nos levar à terra. Antes do embarque, o capitão ordenou a um subordinado que não nos perdesse de vista.

Após aquela recomendação, nos despachou rumo à praia. Lica e eu fomos num dos botes e André e Marcelo no outro. Atracamos e começamos a interrogar as pessoas, com a frase decorada após inúmeras repetições: "Vocês ouviram falar a respeito do naufrágio ocorrido em Tebaida e da jovem que desapareceu numa lancha?".

Uma hora depois, André tentava se fazer entender junto a um casal de argentinos, quando um vendedor de cocos o interpelou:

– Hein, moço! É você que está procurando uma moça?

– Você sabe de alguma coisa? Tem uma recompensa em dinheiro – André retrucou, esfregando o indicador contra o polegar.

– O tio Pepe recolheu uma moça, perto do Farol do Castelhano. Ela estava desmaiada numa lancha. Parecia muito mal. Ele a trouxe para a vila.

Não me contive e entrei na conversa, perguntando:

– Onde está esse seu tio Pepe, menino?

– No mercado. Veio vender seus peixes. É pescador.

– Leve-nos até ele, por favor – André pediu.

– Falou, cara. Vamos até lá.

Saímos atrás do menino, que corria por entre as pessoas, desviando-se de uns e esbarrando em outros. Algumas quadras depois, tendo atravessado uma feira de artesanato, chegamos, enfim, ao mercado. Na tentativa de acompanhar o garoto, perdi o boné e a Lica tropeçou uma ou duas vezes.

O menino parou numa banca, ao lado de um homem com uma rede de pesca enrolada no ombro. André explicou o que procurava e o homem sorriu, um riso sem dentes, apontando para um prédio pouco adiante:

– Deixei essa dona no posto de saúde. Tava muito machucada. Sangrava na cabeça. O homem não quis vir, fugiu.

– Do que o senhor está falando? – perguntei.

– Um gringo pediu para acudir a moça, mas se escafedeu logo depois.

André já estava longe, correndo na direção indicada pelo homem.

O posto de saúde ficava perto dali. Era uma edificação simples, em frente à qual algumas pessoas esperavam atendimento. Entramos, seguidos pelos marinheiros. Uma enfermeira tratava de uma criança.

André se aproximou ansioso, perguntando:

– Enfermeira, por favor, onde está a moça?

– Não entendi. O que você quer?

– Estamos procurando uma jovem que foi encontrada por um pescador, numa lancha – acrescentei, percebendo seu nervosismo.

– Ah, a moça da lancha. Ela foi levada para Angra dos Reis ainda ontem. Está no Pronto-Socorro. O nosso médico achou necessário submetê-la a alguns exames, por causa de um corte na cabeça.

Sem esperar por mais nada, retornamos para a praia, seguidos pelo pescador e seu sobrinho. André retirou algumas cédulas da carteira, dividindo-as entre os dois, antes de embarcar. Acomodados, acenamos para eles, enquanto os marinheiros remavam, levando-nos para o barco da Divisão de Busca e Salvamento.

O capitão ficou satisfeito com a informação e mandou rumar para Angra dos Reis. Escurecia quando chegamos ao Pronto-Socorro.

Assim que entramos, André correu para falar com o rapaz da recepção, enquanto a Lica e o Marcelo acomodavam-se na sala de espera. O recepcionista chamou uma enfermeira, que nos guiou através de um longo corredor.

– É aqui, doutor – ela disse, abrindo uma porta.

André entrou pálido e nervoso no pequeno quarto. Fiquei junto à porta. Alice estava deitada numa cama. Parecia dormir. A cabeça envolvida em bandagens.

– Alice!

Ela se voltou lentamente. Os olhos se abriram em expressão de espanto. Durante alguns minutos, pareceu não reconhecê-lo. Ele repetiu o seu nome:

– Alice, querida, sou eu, André.

– André! André, que bom ver você!

Emocionado, ele tocou em sua face com a ponta dos dedos, perguntando:

– Como você está, minha garotinha?

– Oi, Raquel. Está esperando um convite especial para entrar?

Encabulada, aproximei-me, parando ao lado da cama. O que eu menos queria era atrapalhar o reencontro dos dois. Beijei-a levemente na face e me afastei.

– Ainda estou meio tonta. Os sedativos...

Nesse momento, a enfermeira apareceu e pediu para sairmos, o médico de plantão queria fazer uma avaliação na paciente.

André e eu o encontramos ao lado da porta. Um sorriso amistoso iluminava o seu rosto, e assim que André se apresentou, ele afirmou que pretendia manter a paciente no hospital como precaução, pois ela havia sofrido uma batida violenta na cabeça e isso poderia ter reflexos futuros.

André explicou que Alice era filha do doutor Vergueiros, médico e professor universitário, além de presidente da fundação que levava o nome da sua família. E que ele, também médico, se responsabilizaria pela segurança da paciente.

Depois de ouvir aquilo, o médico-plantonista concordou em dar alta imediata.

– Vou preparar os papéis. E, assim que você os assinar, a paciente será sua – disse, ao despedir-se.

Voltamos para junto de Alice. Ela parecia bem lúcida, agora.

– Você será liberada, querida. É provável que nos permitam retornar ainda hoje para casa – André afirmou, beijando-lhe as mãos.

– Ah, minha querida Tebaida. Será bom voltar. Não tenho lembrança alguma do que aconteceu após o choque entre a lancha e o iate.

– Isso aconteceu há mais de três dias. Ficamos quase loucos à sua procura. Onde você esteve?

– Segundo me disseram, estive inconsciente a maior parte do tempo. Os médicos me sedaram, por causa da dor. Ainda estou sonolenta e...

– Falamos com o pescador que a encontrou. Ele agiu muito bem ao levá-la ao posto médico. Algumas pessoas não se dariam a esse trabalho.

– Ah, André! Que confusão, não é mesmo?

– Essa brincadeira lhe custou uma perna quebrada, luxação no pulso, contusão e corte na cabeça. Fizeram alguns pontos. Pena terem raspado a sua cabeça. O seu cabelo era tão bonito!

– Bom... Espero que ele cresça logo. Como está o papai?

– Nem pergunte! A ilha está fervendo. É gente chegando e gente saindo. Um alvoroço só.

– Ah... Coitado do meu pai!

– Olhe, para falar a verdade, o doutor Vergueiros foi o único a não perder as esperanças. Sempre acreditou que você estivesse bem, até mesmo quando a Divisão de Busca e Salvamento nos deu os piores prognósticos.

– Querido, o meu pai! Não vejo a hora de voltar para casa. Pretendo mudar definitivamente para a ilha. Não quero mais viver longe de vocês.

Deixei-os ali e fui para a portaria. A enfermeira havia dito que as roupas da Alice haviam ficado inutilizadas. Convidei Lica e Marcelo para fazer algumas compras. Ao retornar, eu trazia um vestido de algodão e roupas íntimas, adquiridos numa lojinha de artigos para turistas.

A enfermeira vestiu a nossa amiga, antes de ela ser colocada na maca e conduzida até a ambulância. Quando ela chegou à doca, já estávamos no barco da Marinha.

Ao desembarcar em Tebaida, Lica e eu fomos surpreendidas com a presença dos nossos pais. Eles haviam chegado naquela tarde, vindo diretamente do Mato Grosso. Tio Léo já havia contado toda a história.

Eles nos tomaram no colo entre beijos, como se ainda fôssemos crianças. E foi bom ser mimada, para variar. Normalmente, o papai é um tanto reservado, mas após todos os aborrecimentos pelos quais tínhamos passado, ele nos abraçou e beijou muitas vezes. A mãe era aquele grude, como sempre.

O doutor Vergueiros ficou muito feliz com o retorno da filha. Após instalar Alice no laboratório, transformado em pequeno hospital, ele fez questão de convidar nossos pais para uma temporada na ilha. Teria prazer em hospedar-nos, insistiu.

Isso foi a melhor coisa que poderia ter acontecido. Graças à hospitalidade do médico, meus pais puderam retribuir a acolhida que o tio William me deu em Londres, apoiando Cristina em seu tratamento.

Além disso, o papai resolveu ajudar no trabalho de reconstrução da ilha, formando um grupo para auxiliar os caseiros na retirada dos entulhos, no plantio de novas mudas no jardim ou no reparo da casa.

Para compensar o trabalho, havia a praia. Era superdivertido no final da tarde, quando nos reuníamos para um banho de mar. Marcelo e eu, realmente, merecíamos aproveitar tudo aquilo após cinco meses de separação.

Na verdade, não havíamos avaliado todas as implicações de um intercâmbio estudantil tão longo, apesar da possibilidade de contatos diários via Internet.

Duas semanas após a cirurgia, Cris já era submetida a sessões de fisioterapia e paparicada por todos nós. O inspetor Melbourne andava ao seu redor como um cachorrinho, sempre pronto para lhe fazer um agrado.

Alice também estava se recuperando bem sob os cuidados do pai e de André.

Tio Léo, finalmente, lembrou-se da namorada. Acho que Irina pressentiu que ele estava meio distante e telefonou diversas vezes, cobrando mais atenção.

Certo dia, Alice se juntou a nós na hora do almoço. Essa era a primeira vez que ela fazia a refeição ao ar livre após o acidente. André a trouxe no colo, sentando-a com todo o cuidado. O doutor Vergueiros abriu um champanhe e ergueu um brinde pelo seu restabelecimento e ela retribuiu com a taça de suco.

— E então, garota, pronta para outra? – seu pai perguntou, beliscando-lhe as bochechas.

— Nem me fale nisso, papai. Que horror! Espero passar um bom tempo sem me envolver em nenhuma aventura maluca – ela respondeu, passando a mão na cabeça, onde uma penugem escura começava a nascer.

— Senhorita, também quero fazer um brinde à hospitalidade da sua família. Felizmente, consegui tirar férias na Scotland Yard, a fim de acompanhar o restabelecimento de Cristina. Estamos pensando em nos casar, assim que o doutor Vergueiros permitir.

— Que maravilha, inspetor Melbourne! Parabéns, Cris. Estou muito feliz por vocês – Alice comemorou.

— Ora, George! Deixe a Alice apreciar o almoço feito em sua homenagem – Cris o censurou.

— É verdade, Cristina. Precipitei-me, como sempre. Peço perdão pela impetuosidade – o inspetor desculpou-se, todo sem jeito.

— Ora, deixe disso, inspetor. Essa notícia me deixou muito satisfeita. Especialmente porque a nossa amiga já está dando os seus primeiros passos – Alice respondeu, piscando para a Cris.

— Mas diga-me, inspetor: como a polícia inglesa encarou os desaparecimentos de Bownei e Ronald? –

André perguntou, servindo mais uma rodada de champanhe.

– Como os corpos não foram encontrados, todos os aeroportos estão de sobreaviso. Se aparecerem, serão presos. Mas eu, pessoalmente, não acredito que tenham sobrevivido.

– Descobriram algo sobre o turista que chamou o pescador e depois desapareceu? Não conseguiram nenhuma descrição física do sujeito? – perguntei, desconfiada.

– A Ilha Grande é frequentada por muitos estrangeiros. Era um desconhecido qualquer – o policial afirmou.

– Lamento pela perda do livro do faraó e os registros dos experimentos de sua equipe, doutor Vergueiros. Foi uma lástima! – Cristina atalhou.

– Ora, minha jovem, não lamente! O desejo do seu pai era curá-la. Ele se arriscou com esse objetivo e essa meta foi atingida.

– O senhor tem razão, doutor. Ver a filha recuperada era tudo o que o meu primo queria – papai reforçou.

André beijou Alice nos lábios com doçura. Esse gesto foi saudado por Vergueiros, que disse:

– Parece que finalmente esses dois criaram juízo.

Neste instante, Jurema apareceu com uma máquina fotográfica.

– Encontrei isso no porão, Lica. O Murilo disse que ela é sua.

– Ai, a minha máquina! Eu a havia emprestado para o Ronald, aquele safado! Ele deve ter perdido quando me levou lá para baixo.

– Por que você emprestou sua máquina para esse cara? – indaguei.

– Ele disse que queria fazer um registro fotográfico dos animais no laboratório. Eu não sabia que ele era um traidor.

Sem perda de tempo, Lica se preparou para nos fotografar, mas a câmera não funcionou. Tio Léo abriu o equipamento e retirou o cartão de memória.

Foi aí que a Lica gritou:

– Epa, esse não é o cartão de memória da máquina. Será que... Não é possível! Esperem, preciso verificar uma coisa – e, dizendo isso, saiu correndo para o quarto, onde deixara o seu *notebook*.

Minutos depois, voltava com o equipamento nas mãos e os olhos arregalados. Sem falar, ela o colocou sobre a mesa.

Foi Alice quem exclamou:

– Gente! Esse é o cartão de memória do medalhão. Como ele foi parar na máquina?

– Então era assim que aquele safado pretendia sair daqui com as informações – André murmurou.

Como se isso não bastasse, a Lica entregou um amontoado de folhas amassadas para o doutor Vergueiros, dizendo:

– Essa é uma cópia do manuscrito, traduzida ao português. O doutor André a recusou. Então, tomei a liberdade de guardá-la em minha mochila. Fiz algumas anotações no verso, sobre minhas pesquisas históricas. Coisas sobre o Egito. Pretendo escrever um livro sobre isso.

– Lica, você ficou com aquela cópia? Por que você não nos contou isso antes? – interroguei-a, sem saber se devia ficar zangada ou contente.

– Eu queria guardá-la como lembrança. Mas agora que o documento original foi destruído, ela pode ter utilidade para o doutor Vergueiros – confessou, envergonhada, já com a cópia entre os braços do médico.

– Estou superirritada com aquele "caça-ossos", como você dizia, André. O Ronald se portava como um *gentleman*, mas fazia jogo duplo. Parecia sincero e leal, mas não passava de um bandido. Que pessoa mais falsa! – Alice comentou, segurando a mão de André.

– E você quase me trocou por aquele cafajeste – ele reclamou.

– Você só pode estar brincando, tolinho. Eu jamais o trocaria por ninguém – ela afirmou, abraçando-o.

EPÍLOGO

O sol nascia na planície de Salisbury, no sul da Inglaterra. Sentada sobre uma pedra, mamãe tomava sua primeira xícara de café naquele dia. Ao longe, a névoa espessa começava a se dissolver no horizonte, dando lugar ao sol, que pintava o céu em tons avermelhados. Vinte e um de junho, dia do solstício de verão. Um dia especial para os druidas. Eles andavam bem agitados com a notícia da abertura de um portal para outra dimensão. Receosas, as autoridades os proibiram de comparecer àquele sítio.

Para evitar o avanço das pessoas, um destacamento policial isolava a área.

Com um pergaminho em frangalhos nas mãos, papai trocava ideias com alguns estudiosos que mediam os ângulos entre as pedras azuis do complexo monolítico de Stonehenge, enquanto tio Léo e Marcelo traçavam linhas no chão. Os olhos do papai brilhavam por trás dos óculos, numa demonstração de intensa euforia.

– Quando eu avisar, comecem a tirar as fotografias, meninas. Não fiquem nervosas. Apenas fotografem. Precisamos registrar tudo o que vai acontecer.

E, dizendo isso, ele deu mais algumas orientações ao grupo, seguindo as diretrizes do velho documento resgatado nos escombros de um mosteiro. Ali estavam as coordenadas do portal cuja abertura deveria acontecer exatamente às 11h28min daquele dia.

Papai olhou novamente para a mamãe e apontou para o relógio. Estava na hora de mergulhar noutro mito e desvendar novos segredos.

Enquanto eu me deliciava com a cena, Lica caminhou até a multidão. Chamei-a. Ela, no entanto, estava com a máquina voltada às pessoas que lotavam os arredores. Comecei a recriminá-la, mas parei quando ela indicou um homem, aos gritos:

– Veja, Raquel! O Ronald está ali. Ele sobreviveu!

Por incrível que possa parecer, o entusiasmo pela arqueologia o havia atraído, apesar do perigo de ser descoberto. O destino o colocava em nossas mãos.

Antes que eu pudesse fazer qualquer coisa, Marcelo correu em direção aos policiais aos gritos:

– Aquele homem de camisa branca e calça cáqui é um bandido procurado pela Interpol! Prendam-no!

O alarme criou um tumulto de grandes proporções! Era gente correndo para todos os lados, com medo dos policiais que avançavam sem saber a quem deveriam pegar.

– Uma simples ligação, Lica – foi o que eu disse, digitando o número do telefone do inspetor Melbourne. – A Scotland Yard ficará muito satisfeita em mantê-lo numa cela por algum tempo.

Foi uma lástima o papai ter perdido a oportunidade de provar a existência do tal portal. Contudo, ele não ficou zangado e afirmou que havia coisas mais importantes, como a segurança da família. E, depois, o solstício de verão se repete a cada 365 dias e algumas horas. Talvez, no próximo ano, estejamos aqui novamente, prontos para o que der e vier.

Capa, projeto gráfico e ilustrações: Marco Cena
Revisão: Sandro Andretta
Produção editorial: Bruna Dali, Danielle Reichelt Maitê Cena
Produção gráfica: André Luis Alt

Dados Internacionais de Catalogação na Publicação (CIP)

A435c   Allgayer, Eni
        Caçadores de enigmas: confraria da tumba 55. / Eni
        Allgayer. – Porto Alegre: BesouroBox, 2015.
        168 p.: il.; 14 x 21 cm

        ISBN: 987-85-5527-017-8

        1. Literatura juvenil. 2. Novela. I. Título.

                                                  CDU 82-93

Bibliotecária responsável Kátia Rosi Possobon CRB10/1782

Todos os direitos desta edição reservados a
Edições BesouroBox Ltda.
Rua Brito Peixoto, 224 - CEP: 91030-400
Passo D'Areia - Porto Alegre - RS
Fone: (51) 3337.5620
www.besourobox.com.br

Impresso no Brasil
Outubro de 2015